BLUE
Hawaii

BLUE
Hawaii

ブルーハワイ

燃え殻

新潮社

目次

花火って途中で飽きるよね 10
愛には人の数だけ種類がある 14
はい、百九十万円 18
将来は南米に行くと思う 22
『ヌードの夜』、竹中直人さんに会った 26
五反田セブンスター 30
大橋裕之 マンガ「イラスト制作裏話」 34
僕はそのときずっと天井を見ていた 36
知らない町の知らない店のスタンプカード 40

首筋に芋虫　44
強みは誰にでもある、お金に繋がるかは別として　48
まあるくなって眠る、真っ白い猫　52
ドライブ・マイ・カー事件　56
仕事はできないが、嫌いになりきれない後輩　60
人間関係の果ての果ての姿　64
五万の傘が五分で壊れた　68
毎回同じで飽きませんか？　72
二十人以上のアイドルのサインを書けた先輩　76

座席すこし倒してもいいですか？ 80
ちょっとスペース・マウンテン三回乗ってくる 84
その後のイノセントワールド先輩 88
「私、おばあちゃんになれたよ」と彼女は笑った 92
ドン！ ドン！ ドン！ 96
そのとき、世界の広さを思い知った 100
査定、査定の日々である 104
知り合いの誰もいない土地で 108
太字のゴシック体で「人間不信」 112

人が「先生」と呼ぶとき、そこには必ず思惑がある　116
愛しのカレースタンド　120
運転手さん！ それ僕です　124
日本もおしまいだな　128
喫茶室、東京　132
「串カツ田中」が恋しい夜　136
失敗や失態を「運命」にすり替える人　140
押し切られるな、噛みちぎれ　144
某アーティストグループの○○くんとサシ飲みをした　148

「来年になったら
忘れそうな日しかないよね」
と彼女は言った 152
とにかく体には気をつけなさい 156
大橋裕之 マンガ
「母」 160
おいおいと泣くことでしか
越えられない夜 162
世の中の
死角のような場所で 166
ヘイ！ ヘイ！ ヘイ！ ヘイ！ 170
いま振り返っても、
あの二年間は無駄だった 174
桃鉄でもやらない？ 178
いつものですね 182

すべては思い出に変わっていく 186
ドライブでもしようぜ 190
僕たちには僕たちのルールがあった 194
あなたは勝ち組で、わたしは負け組です 198
鍵をかけ忘れた日記 202
汚れたビーチサンダルとジョン 206
ブルーハワイ 210

装画・挿画　大橋裕之
装幀・ブックデザイン　熊谷菜生

ブルーハワイ

花火って途中で飽きるよね

花火大会の密着取材をしていたライターの男と喫茶店で落ち合った。久しぶりに会う彼は開口一番、「やっぱり花火って途中で飽きるよね」と言って、煙草を灰皿に押し付ける。

ＳＮＳ上では、その花火大会の感想は絶賛に次ぐ絶賛。彼の意外な一言に思わず吹き出してしまったが、考えてみると、コンビニなどで売っている花火セットでも、途中からどれもこれも同じに感じて、本心では飽きていた気がする。ドーンと数発凄いのを見上げて楽しむか、線香花火をチョロチョロやるくらいが、ちょうどいいのかもしれない。

小学校の高学年のとき、「夏の星座を観察する」という授業があった。一度学校から帰って、夕飯を食べてから再集合して、夜の八時に校舎の屋上から星を眺めるという、いま考えると、なんともロマンチックな授業だった。

その頃、僕の実家は横浜郊外のマンションの六階で、同じフロアーには不登校だった同級生の男の子がいた。彼は玄関の覗き穴からいつも廊下を見張っていて、僕が帰ってくるのを待っている。その日も、エレベーターのドアが六階で開くと、勢いよく僕のところまで彼は走ってきた。

いつものことなので、「よう」って感じで、彼を自宅に招き入れる。いま考えるとまったく疲れていなかったが、なんとなく仕事終わりのサラリーマンのように、「いや〜今日も学校疲れたわ」と、ランドセルを彼に渡しながら、疲労困憊《こんぱい》を気取ったりしていた。

彼は僕が語る大したことのない話を、寄席《よせ》に来た客のように手を叩いて笑ったり、「ええ〜」とか大袈裟に驚いた声を上げたりしながら聞いてくれた。

あんなに社交的だった彼が、学校に行きたくなかったのはなぜだったのか、その理由はもう忘れてしまった。彼にとっては、ちょうどいい社会との接点が、あの頃の僕だったのかもしれない。

いつも夕飯の前くらいまで、一緒に遊んでいたが、その日は、夏の星座を観察する授業が、夜からある大切な日だった。それを彼に告げると、ものすごく哀しげな顔になって、トボトボ帰っていったのが忘れられない。

僕はそのあと、夕飯を食べて支度を済ませ、真っ暗な学校へ向かった。夜の校舎の屋上まで、懐中電灯を持った担任教師を先頭に歩いていく。ただそれだけなのに、夜の学校の廊下や階段は、僕たちをそわそわとさせた。

横浜の夜景はきれいだったが、空に星はほとんど見えなかった。あっという間にみんな夜空に飽きて、自分の家の灯りを探し始める。僕が住んでいたマンションはわかりやすくて、誰よりも先に見つかった。そのときだ。

「あ、花火！」と誰かが声を上げた。クラスの何人もが指さす先は、僕の住んでいたマンションだった。マンションの六階あたりから、「ポン！　ポン！」と火花が散って、小さい光の花が一瞬だけ咲いて消える。担任教師が、星空を観察するようにと、注意して回っていた。

僕はその寂しげな花火を打ち上げている主が、誰だかすぐにわかり、その現れては消える小さな光の花を、目を凝《こ》らしてしばらく眺めていた。

愛には人の数だけ種類がある

三軒茶屋で芝居を観て、喫茶店に入ろうとしたところで肩をポンポンと叩かれた。振り返ると知り合いのライターの女性がニコニコ笑って立っていた。数年ぶりの再会。彼女も舞台を観ていたらしい。

「元気？」

そう僕に聞いてきた彼女は、どう考えても前に会ったときよりも、たくましさが増しているように見えた。せっかくなので一緒に喫茶店に入って、コーヒーをすすりながら、お互いの近況を報告し合うことになった。

こちらの近況は相変わらず愚痴まみれだったが、彼女のほうはかなり込み入った事情を抱えていることがわかり、途中からコーヒーに口をつけるタイミングがわからなくなった。

彼女の近況報告は、僕と会っていない数年のあいだに結婚し、その旦那が結婚してからいままで一秒も働いていないという出だしから始まった。出だしだけでも、武道館でワンマンを張れるほどの濃さだが、ここからさらにデンジャラス度は増す。その旦那との間に、双子の赤ちゃんが産まれたというのだ。

「とりあえず、まずはおめでとう」

形式的にそう言ってみた。そして家賃や子育ての費用はどうしているのか？という現実的なことを聞いてみる。もうチェーンの喫茶店で話すようなぼんやりした話では、まったくなくなっていた。

とにかく彼女は、双子の赤ちゃんよりもよく寝る旦那を置いて、早朝から魚屋のアルバイトに出るのだという。その仕事が終わると、ライターの仕事があるときは真夜中まで作業をし、なかった場合は、短期のアルバイトを入れて生活費をやりくりしているというのだ。旦那はそのあいだ、ただ寝ているか、気が向くと双子をあやしてくれるらしい。

先程、「たくましさ」となんとなくごまかしたが、正確に描写すると肉体労働により、彼女は僕と会っていない間に、筋骨隆々の身体になっていた。「そんな暮らしによく耐えられるね」という全人類がツッコミたくなることを彼女に聞いてみた。彼女はやはり月に一度くらい、旦那への愛情が限りなくゼロになるのだと明かしてくれた。

ゼロに近づく気配を感じたら、動物園の「動物ふれあいコーナー」に家族で行くらしい。旦那の唯一の特技は、あらゆる動物に餌なしで好かれることで、「ふれあいコーナー」に足を踏み入れた瞬間、まわりがひまわりの種を手に待っていようがおかまいなしに、多くの動物が旦那に近寄ってくるのだとか。

リスなどは、頭に乗ったり肩の辺りをくるくる回ったりと、それはそれはかわいいのだと彼女は嬉しそうに話す。彼女は動物まみれの旦那を見て、また明日からバイト頑張ろうと心に誓うらしい。

愛には人の数だけ種類があるのかもしれない。ちょうど、客がはけたとき、よく行く定食屋のばあさんに、店主との馴れ初めをなんとなく聞いてみた。

「コーラの瓶の蓋を、歯で開けたの見て、惚れちゃってさ」

ばあさんは銀歯だらけの口を全開にしてゲラゲラ笑った。カウンターの向こう側にいた店主も満更でもない笑みを浮かべていた。

やはり愛には人の数だけ種類があるのかもしれない。

あなたとわたしだけの正解、それを人は愛と呼ぶのかもしれない。

はい、百九十万円

中学時代、そんなに裕福な家庭でもなかったのに、家庭教師をつけてもらっていた。母は僕の家庭教師代を稼ぐため、相当無理をしてパートで働いていた。それなのにその頃の僕はまったく勉強に興味がなく、とにかくただただ時間が早く過ぎないかとばかり考えていて身が入らず、いま考えても母には申し訳ない気持ちでいっぱいになる。

というか、中学時代からすでに、母には申し訳ない気持ちでいっぱいになっていた。よって、本当はバリバリの反抗期のはずだったその時期に、僕は反抗期を家庭に持ち込むことができなかった。

とりあえずその持て余した反抗期を、飼っていた柴犬のジョンに向けたこともあった。ジョンとの散歩の途中、ジョンが踏ん張ってどうしても帰りたくない体勢に入ることがままあった。

そんなときは、ここぞとばかりに「なんだこのやろー！」とジョンにやつあたりしていた。しかし、ジョンはとにかく勝気な犬だったので、思いっきり吠えまくられ、まったく踏ん張る姿勢をやめず、反抗期はそこでも空回りしてしまう。

僕の行き場をなくしたやつあたりと反抗期は地域の商店に向けられた。小学校の帰り道にあった駄菓子屋に、僕は中学に入ってからもしつこく通っていた。そこの店番をしていたじいさんに「さっき百円払ったのに、麩菓子が一本足りないんですけど」などと因縁をつけ、一本ゆすったりしていた。

その駄菓子屋のじいさんにも、申し訳ない気持ちを常々持ちながら生きてきた。

じいさんは「駄菓子ばかり食ってると早死にするぞ。俺なんかもう内臓ボロボロだよ」とその頃よくこぼしていたのを憶えている。

今年に入って実家に帰ったとき、懐かしさついでにその駄菓子屋があった場所を覗いてみることにした。きっとマンションかなにかになっているだろうと思ったら、驚くことに駄菓子屋のままだった。

ガラガラガラと立て付けの悪いドアを開けると、「いらっしゃい」としゃがれた声。あのじいさんが座っていた。全然亡くなっていなかった。そしてこちらが話しかける前に「最近じゃ緑内障で左がダメ」と緑がかった左の眼球を指さしてニヤニヤ笑った。

店内には、スーパーボールのくじが貼ってあったり、チョコカステラのぷくぷくがいい匂いをさせている。レイアウトも、あの頃とまったく変わらない。僕は駄菓子を二、三みつくろって、じいさんに差し出す。

「はい、百九十万円」

あの頃と受け答えもまったく変わっていない。お釣りはいいです、と僕は千円札を一枚、じいさんに渡す。あの頃くすねたぶんの利子にしては安いくらいの時間が経っていた。

　じいさんはしばらくその千円札をまじまじと見てから、「ああ、よく来ていた子か。大人になったのか〜」と感慨深げに言う。憶えているんですか？　と僕は嬉しくて思わず聞き返した。

「あんたみたいに時々、あの頃くすねていた支払いを返しに来る子がいてさ。だからやめられなくてさあ」

　と、呆れつつも、朗らかな笑顔を見せてくれた。

将来は南米に行くと思う

「たしかなことは言えないが、ドリブルだけならロマーリオより、俺のほうが優っている可能性が高いと思うんだ」

嚙みしめるように、あのとき中学のサッカー部だった友人はそう語った。まだ世の中にインターネットがなかった時代の話だ。僕も友人も青春真っ只中だった。

僕はサッカーに疎《うと》かったので、友人がドリブルの上手さを比較した「ロマーリオ」という選手を、そのとき知らなかった。サッカーブラジル代表だと知ったのは、大人になってからだ。いまではネットを開いたら、ロマーリオの現在

の写真から現役時代の動画まで、あっという間に調べがついてしまう。物事を知る、ということに関して言えば、本当にいい時代になった。ただそれにより、世の中の曖昧さは、限りなくゼロになってしまった。

例えば、もし僕が漫画家を目指したいと思ったとする。ふとSNSを開いたら、自分と同い年、もしくは年下の衝撃的に漫画の上手い連中が、秒で見つかるだろう。若かりし頃に誰もが根拠なく抱く、自分への淡い期待。他人への悪意なき承認欲求。そんなものは、マッハで木《こ》っ端《ぱ》微《み》塵《じん》になってしまう時代に僕たちは生きている。

「ドリブルだけならロマーリオより、俺のほうが優っている可能性が高い」と力説した友人は、現在はコピー機の営業マンをしている。彼との関係は細々とだが、現在もつづいている。あの頃、彼は「将来は南米に行くと思う」と真剣な顔で語っていた。根拠のない夢を語るとき、人にはその瞬間にだけ出る特殊なドーパミン的物質がある気がする。そんな根拠なき夢を、蒸し返しては酒の肴《さかな》にすることが、最近一番楽しいことになってきた。

いまはコピー機の営業マンの彼のあだ名は、もちろん「ロマーリオ」だ。昨日も、ロマーリオと「鳥貴族」で一杯やった。夢が叶うか、叶わないか。その二択を常々皆が口にする。でも、そんなことではどっちにしても、大したドーパミンは放出されない。

「絶対叶うよ！」

無知なオーディエンスだった僕は、あのとき彼にそう告げた。

「まあ見ててよ」

彼は自信ありげにそうつぶやいた。

「まあ見ててよ」

「鳥貴族」で昨日、彼に再現してもらった。人生には気持ちよく希望を語る瞬間があっていい。うそぶくこともまた、人生の醍醐味だ。もしかしてその希望を掲げていることで、思ってもみなかった場所にまで、流れつくことだってあると思う。

流れつかなくったって構わない。現実のつまらなさを、一瞬でも忘れさせてくれる希望は、人には本来欠かせないはずだ。全部だめで、なにひとつ希望が叶わなかったとしても、友と一緒に酒を飲んで笑い話にすればいい。そのために友がいる。

今日もＳＮＳの中では、誰かの希望が秒で打ちくだかれ、誰かの承認欲求が秒で否定されている。それはそれはわかりやすい世界になった。わかりやすい世界は、大して僕たちを幸せにしてくれなかった。結果と事実だけを求めるなら、たしかなのは、僕たちはみんな死ぬということだけだ。僕たちの人生は光と影の連続で、その醍醐味は日々のグラデーションの中にあるはずだ。

『ヌードの夜』、竹中直人さんに会った

三宿《みしゅく》に雨が降っていた。

横殴りの雨。雑居ビルの六階に入っている落ち着いたバーには、客は誰もいない。「コンコン」と開いている扉をあえて叩いて、開店準備をしている長身のバーテンダーに声をかけた。

「竹中さんと待ち合わせなんですが」

それだけ伝えた。

「奥です」

バーテンダーは短くそう答えると、テーブル席まで案内してくれた。

レッドアイを頼み、窓の外の雨を眺めるふりをして、店内をぐるっと見渡す。どこか知らない海外のラジオ局の放送が、店のＢＧＭのように流れ始めた。窓に吹きつける雨の量が半端ではない。そのときだった。

「すみません、遅れました」

注文したレッドアイより早く、その夜の主役が現れた。黒いサングラスに、黒いマントのようなコートを着た竹中直人さんが、僕の真後ろに立っていた。気配をまったく感じなかったので、思わず「わっ」と声を漏らしてしまう。竹中さんも「わあ」と身振り手振りをつけておどけてみせる。

このエッセイを連載している週刊新潮で堂々と書くことじゃないけれど、僕は二十代の頃、五回ほど週刊朝日の『山藤章二の似顔絵塾』に載ったことがある。特別に絵が上手かったわけではない。学校の先生の似顔絵を描くのは上手いのに、美術の授業になるとまったくデッサン力やセンスのないヤツが、クラスに一人くらいはいなかっただろうか。僕は思いっきり、それだった。そして週刊朝日に載った五回のうち、四回が竹中さんの似顔絵だった。それほど、二十代の頃の僕は竹中直人という人にハマっていた。竹中さんの監督第一作『無能の人』は公開初日に横浜の関内で観た。

その夜、竹中さんにお会いすることになったのは、ラジオ番組で共演させていただく話が流れに流れた結果だった。アナウンサーの堀井美香さんが、わざわざ場をセッティングしてくれた。緊張するつもりだったのに、竹中さんがブルース・リーのモノマネをソファに座っていきなり始め、それを許してくれない。

竹中さんはなぜか初恋の話をしてくれた。僕も、なぜか初恋の話をし、聞いてもらった。松田優作さんに怒られた話をモノマネ付きで再現してくれた。竹中さんがガブガブと白ワインを飲んで、僕もレッドアイをぐびぐびと飲み、いい具合に酔っ払った頃、雨はさらに強くなって、窓を叩くように降りすさぶ。おもむろに竹中さんが窓辺まで歩いて行って言う。「まるで『ヌードの夜』みたいだね」と。

『ヌードの夜』は僕が女の子と初めて観に行った映画で、竹中さん主演、石井隆監督の傑作だ。暴力もエロスもてんこ盛りで、それはそれはデートには向いていない代物《しろもの》だった。

その映画の中では、終始雨が降っている。ロマンチックに雨は降りつづける。フィルムまで濡れているかのように、その光景はとても艶《つや》っぽい。僕も竹中さんの横に立ち、降りしきる雨を窓越しに眺めた。雨で歪んで見える首都高は、現代アートのように美しかった。行き交う車のテールランプがきれいに光っている。

「あそこ、傘が飛ばされそうだ」

竹中さんがそう指さした先を、僕は思わず覗き込んだ。

五反田セブンスター

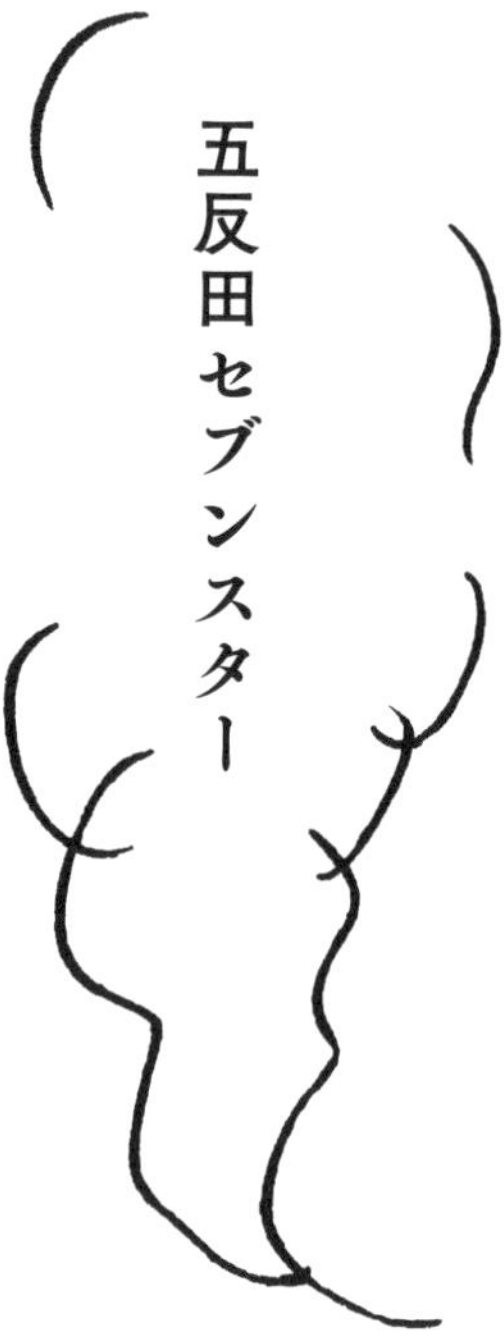

道玄坂をのぼり切ったところにある「コメダ珈琲店」の前で、若いスーツ姿の男がおいおいと泣いていた。僕は一度、彼の前を通り過ぎて立ち止まる。声をかけたかったが、なかなか勇気が出ない。しばらく立ち止まったまま、昔、路上でおいおいと泣いていた僕に、声をかけてくれた人のことを思い出した。

それはまだ二十代のはじめの頃だった。五反田にある映画編集所で、雑用係のアルバイトをしていた僕は、明け方まで雑務に追われ、気力と体力がともに限界を迎えていた。熱いお茶を大事なお客さんに運んでいたとき、一瞬意識が遠のいて、こぼしてしまう。烈火のごとく怒鳴りつけてくるお客さんに平謝りを繰り返し、職場の責任者にも怒鳴りちらされているうち、恐怖のあまり過呼吸が起きた。気づいたときには、廊下のソファに寝かされていた。

「おっ、目が覚めたか」

ほぼ同じ時期にアルバイトを始めた男が、何事も起こらず、朝が来たように僕に声をかけた。

「じゃあ、現場に戻れよ」

彼は冷やかにそう言って、やれやれという感じで、自分の持ち場に戻ろうとする。僕はくらくらする頭と覚束《おぼつか》ない足取りで彼のあとをついていった。

なんとか仕事をやり抜いて、帰宅するためＪＲ五反田駅に向かう。しかし、改札を通る直前になって、ふと踵《きびす》を返し、歩道橋に戻ってしまう。五反田のラブホテル街に足は向かっていた。

財布にお金は大して入っていない。風俗に行く勇気もない。でもその日は、そのまま山手線に乗って帰る気にはどうしてもなれなかった。

時間はまだ昼どきだったのかもしれない。サラリーマンがやたらと街にいた記憶がある。僕はラブホテル街にあった、古い雑居ビルの前でへたり込むように座ってしまった。

　胸の奥がやけにスースーとした。不安が次から次に襲ってくる。十年後、二十年後、自分の働いている姿がまったく想像できなかった。気づくと頬が濡れている。泣いていることにすら、すぐには気づかなかった。

　五反田のラブホテル街で、へたり込んだ若い男がおいおいと泣いている図は、かなり珍妙だったに違いない。早い時間帯からラブホテルを利用する大人の事情のカップルが、汚いものでも見るかのように、遠目に通り過ぎていく。世界でひとりきりだと思った。そのとき、「お兄さん、ここウチのビルなんだ」と低い声が後ろから聞こえてくる。振り返ると、真っ白いシャツを着た男が、中腰になって僕を見下ろしている。右腕の腕時計のところまで、和《わ》彫《ぼり》の刺青《いれずみ》が入っているのがわかった。みっともないことにそれでも僕は、ただ泣きつづけるだけだった。

　男はシャツの胸ポケットから、セブンスターを取り出し、その中の一本を僕の口に咥《くわ》えさせた。そして問答無用で、ライターで火をつける。僕はそのとき、人生で初めて煙草を吸った。男は僕の横にどっかり座ると、こっちも見ずに、自分も煙草を吸い始めた。

さっきよりも遠目に、道行く人たちが通り過ぎていく。「ふーっ」と男が大きくため息をつくように煙を吐いたのを、はっきり憶えている。

「コメダ珈琲」の前でおいおいと泣く若いサラリーマンを見ながら、あの日、煙草を一本恵んでくれた男のように何かしてあげたいと思ったが、結局何もできなかった。

イラスト制作裏話
こんにちは
燃え殻さんの連載の
イラストを毎週描いてます
大橋です
今日は
イラスト制作の裏話を
お届けしたいと思います
裏ってほどでもないですが
マンガ 大橋裕之
まず
毎週金曜日に担当さんから
燃え殻さんの文章が
届きます
とりあえず
どんなイラストを描くかとか
考えずに純粋に文章を
楽しみます
この文中に登場する
いけすかない有名人は
誰なんだろう?
もう一度 頭から
読み直して
どんなイラストにするか
考え続けます
描きたいものが決まったら
ボールペンで紙にラフを
描きます

ラフに納得できたら
いつも使っている筆ペンの
細いやつで主線を描いて
それをスキャンして
フォトショップというソフトで
手直ししてトーンを貼って
仕上げます
イラストの背景は
想像で描くことも
あるのですが
場合によって
「資料写真を使って
描きたい!」という時も
あります
そんな時は
自分がスマホに撮り溜めている
写真を使用する
もしくは
更新されるのを毎日
楽しみにしている写真家の
金子山さんのホームページの
「今日」というコーナーの写真を
使わせてもらってます
※金子山さんに許可を
得てます
背景が細かすぎて
作画に自信がない時は
人物と背景を別々に描いて
スキャンしてフォトショップで
合成します
この作業が
わりと楽しいです
こわれかけの
ペンタブレット
この連載のおかげで
絵を描くアイディアの引き
出しが増えている気が
する今日この頃です
コピー機は
この連載で初めて描きました

おわり

僕はそのときずっと天井を見ていた

「霊も慣れっすね」

そう笑顔で言い放ったのは、駆け出しの舞台俳優Ｔさん。Ｔさんと知り合ったのは毎朝通っている喫茶店。その喫茶店の店主はとにかく人をくっつけるのが趣味で、無理やりＴさんと同じテーブル席に座らされたのが最初の出会いだった。僕は元来そういうことが苦手な性格なのに、その店主から勧められると不思議と嫌な気がしなかった。

「うちのアパート、霊が出るんですよ」

Ｔさんは席に着くなり開口一番そう言った。店主がモーニングセットを僕らの前に置くと、「ほら、エッセイのネタになりそうだろ」と自慢げに言う。「どんな霊ですか？」と店主を無視して僕はコーヒーをすすりながら聞いてみた。

「うちの間取りは、風呂から上がると、真正面が洗面台なんです」

Tさんの口調はどこまでも軽やかだったが、店内には不穏な空気が流れ始める。その日は気温が三度くらいで、窓は北風でガタガタと震え、底冷えのする朝だった。僕は霊を信じるほうではないが、まったく信じないのも味気ないな、くらいのスタンスで生きている。

そういう思いとスタンスになったのは、祖母とのことがあったからだ。祖母が亡くなったのは、僕が中学生のときだった。危篤だという知らせで僕ら家族が病室に駆けつけると、ベッドの上で上半身を起こした祖母が笑顔で手を振って迎えてくれた。

拍子抜けした僕は「あれ？」といま思えば失礼なことを口にしてしまう。祖母は「お前は人一倍怖がりだから、もしあの世にいくことになっても天井からこっそり覗くくらいにしとくからな」と笑いながら言った。

祖母が息を引き取ったのは、それから二日後のことだった。心電図の表示が一直線になり、医師が神妙な顔で僕たち家族に「ご臨終です」と伝える。その言葉を聞いて、父と母は泣き崩れた。僕はそのときずっと天井を見ていた。祖母が約束どおり、こっそり天井から覗いていると思ったからだ。でも結局、祖母が姿を現すことはなかった。そこには、なんの変哲もない灰色の天井があるだけだった。

「おばあちゃん」

妹が祖母にしがみつくようにして泣き出す。僕はそのとき、まだ天井を眺めていた。ふと祖母の笑顔を思い出した。怖がりの僕を脅《おど》かすまいと、あえて姿を現さないでいてくれている気がした。これはもう、説明がうまくできないが、祖母から生前もらった優しさの気配を感じて、涙が急に止まらなくなってしまった。

北風の強い朝の喫茶店でTさんが、モーニングセットの目玉焼きを雑に食べながら言う。

「風呂から上がって、洗面台の鏡を見ると女の人がこっちを見ているんですよ」

まるで友達とのシェアハウスの話をしているかのようにTさんの口調は穏やかだ。店主も仕事の手を休め、話に聞き入っていた。

「最初は怖かったんですけど、毎日のことなんで慣れちゃって。最近は目が合うと軽く会釈するときもあって、霊も慣れっすね」

Tさんがあっけらかんと笑うので、思わず僕もつられて笑ってしまった。あの日、僕が腰を抜かすほど怖がったとしても、やっぱり祖母には出てきてほしかったと、ぼんやり思っていた。

知らない町の知らない店のスタンプカード

　今朝、田園都市線の青葉台駅で降りた。二子《ふたこ》玉川《たまがわ》で昼食兼打ち合わせという予定が入っていたが、どうしても行きたくなくなってしまい、気づいたら十三駅先の青葉台駅まで降りずに電車に乗っていた。さすがにこの先まで行ってしまったら、社会人として終わってしまう気がして（十分、終わってます）、駅のホームドアが閉まる瞬間に、慌てて降りた。

　駅を出ると、チェーン店ばかりが入った商業ビルがドドンとあり、いかにも郊外のベッドタウンという感じだ。スマートフォンを癖で覗いたら、充電が二パーセントくらいしかなかった。

そして「青葉台　ラーメン」で検索をしている途中、画面が真っ暗になった。これで先方への連絡は完全にできなくなり、ラーメン屋も自力で見つけるしかなくなった。いっそ清々《すがすが》しい。

　テキトーに大通りを歩いて、テキトーに路地を曲がってみる。初めての町を歩くのが好きだ。いかにも地域の人に愛されていそうな定食屋などを見つけると、ふらっと入りたくなってしまう。

　どこかいい感じの店はないかと探していると、路地をさらに曲がった坂道の途中に、一軒のラーメン屋があった。なんとなく地元にとけこんでいそうな店構えが良くて、そこに入ることにした。

　ガラガラと年季の入った扉を開けると、恰幅《かっぷく》のいい女性が一人で仕切っている店だった。瓶ビールを数本自分の前に並べて、すでに赤ら顔のおっさんがカウンターの席に一人だけいた。メニューを見ると、「名物！　大餃子」と大きい文字が飛び込んでくる。僕は大餃子と瓶ビールをとりあえず頼んだ。そのあと、瓶ビールを二本追加して、焼きそばまで食べてしまった。

お会計のとき、「こちらスタンプカードです」とハンコが一つ押されたカードをもらった。十三駅も先で、駅からテキトーに路地を曲がって曲がってたどり着いた店だったので、また来る確率は限りなくゼロに近い。でもそのスタンプカードを僕は財布にしまった。

　僕の財布には常にたくさんのスタンプカードが入っている。根室のパン屋のスタンプカード、名古屋の味噌煮込みうどん屋、沖縄の居酒屋、広島のコーヒーショップ。たまに領収書の整理などのとき、財布の中から出てきたその二度と行かないであろう、様々な店のスタンプカードを眺めることがある。カードを一つ一つ見ながら、その店に行った日のことをぼんやり思い出したりする(だいたいサボった思い出ですが)。

　一度だけ、二度とは行かないと思っていた店に行ったことがあった。店の佇《たたず》まいがいいなと思って入ったら、昔来たことがあったと気づいた。その店のスタンプカードの記憶も甦った。自分の一貫した好みと、忘れっぽさに感心したり、呆れたりした。

レジで財布の中から、その店のスタンプカードを差し出したときの喜びを、どう伝えればいいだろう。その店は長野の小さな喫茶店だった。「あと八個で、コーヒーサービスですね」と店主に淡々と言われて嬉しかった。

知らない町の知らない店で常連のような扱いを受けると、もう一つの人生やパラレルワールドがあるような気持ちになってワクワクする。

スタンプカード集めは、この先もやめられそうにない。

首筋に芋虫

昨日、仕事部屋で原稿を書いているとき、やけに首筋がモゾモゾするので、そっと手で触ってみた。そのモゾモゾは、まるで大きな芋虫が首筋を這っているような感触だった。

疲れがたまっているのかなと思いながら、何かがやはり這っている気がする。僕は首筋の違和感の正体を手で摑み、開いていたノートパソコンの上に置いてみた。緑色の大きな芋虫だった。

「ギャーーーーー！」

大音量で叫んでいた。

首に大きな芋虫が這っているような感覚がして、摑んでみたら芋虫だった。

「まんまやんけ！」とひとり、芋虫に向かって、関西弁で怒鳴りつけた。

仕事部屋は森の中にあるわけではない。渋谷の道玄坂近く、ラブホテル街にある。この界隈で芋虫など見たことがなかった。どこで、僕の首にへばりついたんだろう。

とりあえず大き過ぎる芋虫だったので、潰さないようにティッシュで包んで、窓から逃がした。「まさかこの部屋に芋虫が繁殖し、巣をつくっているんじゃないだろうか」という恐怖のシナリオが頭に浮かぶ。

恐るおそる、テーブルの上に積んであった雑誌の山をどかしてみる。すると、カラカラになった、かつて芋虫だったものがテーブルの上に現れた。もう絶叫するのではなく絶句した。

僕の卒業した小学校は山の上にあって、蛇などもフツーに出るような森の中を通学していた。途中、鬱蒼とした雑草の奥に木造の平屋があった。担任の教師にその平屋のことを話すと、「そんなのあったか？」と素っ気ない返事が返ってきた。

「調べに行こう」という僕の提案に、誰ひとり付き合ってくれるクラスメイトはいなかった。仕方なく学校の懐中電灯を拝借し、下校時にひとり調査に出ることにした。

まだ午後四時くらいだったはずだが、辺りが相当暗かったので、懐中電灯を持ってきてよかったと道々、思ったのを憶えている。

小学生の僕の胸くらいまである雑草をかき分けながら、その木造の平屋を目指す。幽霊が出たらどうしよう、と僕はずっとそのことで頭がいっぱいだった。

平屋が目前に迫ったとき、僕の身に異変が起きた。左足が縛られたように動かない。まるで蛇が左足に巻きついたような感覚だ。

僕は焦りながら左足を確認する。すると、まーまー立派な蛇が、僕の左足にガッチリ巻きついていた。

「アーーーー！」と大声を上げ、僕は走って、よく通っていた駄菓子屋のじいさんのところに逃げ込んだ。左足を指さして、蛇が巻きついていると半べそをかきながら説明するが、蛇の姿はなかった。じいさんが「この臆病者が」とゲラゲラと笑った。

僕は気を落ち着かせるために、サイダーを買おうと財布の入ったランドセルを開けた。するとランドセルの中から、さっきとは色の違う蛇が「こんにちは！」という感じで、ヌルッと出てきた。

僕はもう絶叫できなくなっていた。そのかわり、五秒後に「ムアーーーー！」と駄菓子屋のじいさんの大声が店内に鳴り響いた。

強みは誰にでもある、お金に繋がるかは別として

昔、エクレア工場で働いていたとき、エクレアを一切傷つけずに箱に詰める達人がいた。

普通はどうしてもトングを強く握って、痕《あと》が残ってしまう。しかし達人の手にかかると、あら不思議、まったくきれいなままのエクレアが箱詰めされるのだ。

休憩時間に達人に「すごいっすね、箱詰め」と感激して声をかけた。すると達人は冷静に「イチローと俺、同い年じゃん。イチローはヒットを打つことが誰よりも得意で、俺はエクレアをトングで掴むことが誰よりも得意だ。それだ

けのことだよ」と言った。かっこ良いのか悪いのか、未だに判断に困っている。

人は何かしら得意なことがある、と言っていたのは高校の担任教師だった気がする。それに関しても正しいのかどうか、未だ判断に困っているが、なんとなく正しい気もする。

ただそれが金儲けに直結することなのか、日頃まったく役に立たないことなのか、犯罪になりそうなことなのかは、自分では選べない節《ふし》がある。少なくとも僕はそう思っている。

「町田のチャイナパブで働いていたんですよ」

とある会議が行き詰まり、何も出てこなくなったとき、ライターの女の子が停滞した空気を一新するためだろう、とっておきの大ネタを持ち出した。ディレクターが「えー！」と予想通り食いつく。僕も「おおお」とまんまと食いついてしまう。停滞していた会議室の空気が循環し始めた。

それは彼女が女子大に通っていたときの話だった。親からの仕送りでは東京で暮らしていけず、すこし怪しげなアルバイトをして東京に踏みとどまることに彼女は決めた。大学の課題も多かったそうで、週に数日で結構なお金が稼げるアルバイトを探した。

彼女の目にとまったのは、おっぱいパブかチャイナパブだった。

究極過ぎる。会議の出席者、みんなの顔に生気が戻る。僕らの反応を楽しみながら、彼女は話をつづける。

「おっパブは水商売初心者のわたしには、ハードルが高過ぎると判断して、チャイナパブにしたんです」

「チャイナパブ」

そこにいた誰もが声に出して唱和し、その単語を噛みしめる。

「結果的には二年間、チャイナパブでナンバーワンをキープしてしまったんです」

「えええ」

そこにいた全員の声がハモる。

チャイナパブとは、チャイナドレスでキャバクラのように接客をする店らしい。ライターの彼女は、それまで気づかなかった、自分の「何かしら得意なこと」に気づいてしまう。彼女は誰よりもチャイナドレスが似合ったのだ。

とにかく体験入店の日から、場内指名が絶えなかった。お客は口々に「こんなにチャイナが似合う子いないよ！」と興奮しながら詰めかけたらしい。

「日本人はチャイナドレスって、なかなか着ないじゃないですか。だから、まったく気づかなかったんですよ。自分の一番似合う服がチャイナドレスだったとは」

しみじみ当時を振り返りながら、彼女は自分にも言い聞かせるように締めくくった。

僕にとっての「エクレア詰め」や「チャイナドレス」は何だろうか。きっとそれは、彼らのように突然にして否応なく気づかされるものなのだろう。

まあるくなって眠る、真っ白い猫

南青山の骨董《こっとう》通りにあるデザイン会社で打ち合わせがあった。待ち合わせ時間の十分前に着いてしまい、会議室で待つことにした。通された会議室は、コンパクトな造りで、長テーブルが一つと椅子が四脚だけだった。

荷物を椅子の上に置いて、隣りの椅子に座ろうとしたとき、「わっ」と思わず声を上げた。椅子の上にまあるくなってスヤスヤと眠る、真っ白い猫がいたのだ。肉球はきれいなピンク色だった。コーヒーを持ってきてくれた受付の女性が「ここで一番偉いんですよ」とヒソヒソ声で真っ白い猫を指さす。僕も猫を起こさないように、静かにコーヒーを持って会議室を出ることにした。

時間になってもなかなか担当者は現れず、一度メールを送ると、先方が日にちを間違えていたらしく、怒濤の謝罪の末、後日改めてという話になった。仕方なく僕はもう一度会議室に戻って荷物を取り、部屋を出ようとした。猫の寝息のような声がうっすら聞こえる。あまりの可愛らしさに、しゃがんでしばらく眺めてしまう。それだけでは飽き足らず、思わずスマートフォンで一枚写真を撮ってしまった。

「カシャ」

その音にも猫はまったく反応しなかった。

昔、文通から始めて、付き合った女性がいた。彼女はごはんをたくさん食べる人で、歩くのが人より速くて、とにかくよく眠る人だった。ある日、アルバイトの時間が迫っていた僕が、支度をして部屋を出ようとすると、彼女が安物の赤いソファの上で、まあるくなって眠っていた。僕は「いってきます」と小さく告げる。すると、「いってらっしゃい……」とまあるくなったままの彼女が返事をしてくれた。

アルバイトは、エクレア工場のライン作業。ベルトコンベアーの上を流れてくるチョコとモカを八個ずつ箱に詰めていくという、ドーパミンが吸い取られて失われていく仕事だった。日給七千円とちょっと、労働時間は十二時間以上。たぶんいままではいろいろダメなシフトだろう。

深夜に仕事が終わって、彼女のＰＨＳに連絡を入れるが返事は返ってこない。まかないとしてもらったエクレアが大量に入った紙袋を持って、僕は部屋に戻った。

部屋は真っ暗で、カーテンは朝方僕が出たときと同様、開けっ放しだった。ひんやりとした空気と、すこしの夜景。暗闇の部屋を這っていき、僕は冷蔵庫に紙袋を突っ込む。そのとき人の気配がして、ふとソファがあるほうに目をやると、まあるくなった彼女が、スースー寝息を立てながら眠っていた。僕はしゃがんで、ほぼ朝の原型をとどめている彼女を眺めていた。

将来への漠然とした不安、まわりがどんどんまともな社会人になっていく現実、両親とのギクシャクした関係。貯金は二十万円を常に切っていた。需要も実力もない現状を正視できず、何も考えないでいいアルバイトをだらだらとやりつづけていた。将来について何も触れないでいてくれる彼女に救われていた。

まあるくなって眠っている真っ白い猫を眺めながら、あのとき彼女に感謝し、伝えなければいけなかったことが、いくつも頭に浮かんでいた。

ドライブ・マイ・カー事件

「銀座まで」

担当の編集者がタクシーの運転手にそう告げると「あー、ちょっとこの仕事始めたばかりで……道教えてもらっていいですか？」とバックミラー越しに半笑いで言われた。

新宿で打ち合わせが終わって、銀座でのイベントに直行するという日の出来事だった。ナビはついていたが、使えるか自信がないという。僕も編集者もペーパードライバーなので、道に詳しくない。

「じゃあ、降ります」と僕の手を引くように編集者が下車しようとした。すると運転手が「あー、なんとかします！」と振り返って僕らを制する。

　そこで降りるべきだったが、その前の打ち合わせでエネルギーを使い果たしていて、思わず座り直してしまった。そしてタクシーはゆるゆると大通りに出て行く。そこから結局、僕らがナビを確認しながら、散々迷って現地に着くことになった。

　この出来事の数日前、僕は新宿二丁目の食堂で夕飯を食べていた。一緒にいたのは、とある舞台役者。舞台を年に一度観たらいいほうの僕でもフルネームをサラッと言える、イケメン過ぎるイケメンの方だった。彼との対談の仕事があって、妙に気が合い、終わってからそのまま食事をする流れになって、その店に入った。

「カシャ」

　それはちょうど僕が最近あったエロ話をしていたときだった。たしかにスマートフォンで写真を撮る音がした。僕よりも彼のほうが数倍センシティブなので、僕が気づいたときには、撮った当事者に詰め寄り、「データ消せよ」と凄んでいた。
僕はこの出来事を「ドライブ・マイ・カー事件」と呼んでいる（映画を観ていない方には何がなんだかと思いますが……）。気分を害した彼とすぐにその店を出た。そして通りかかったタクシーにふたりで乗ると、彼は車内から後ろを振り返る。「またかよ」と小さくため息をつくように言った。

「運転手さん、後ろの車、まいてください」

彼はすこし乗り出して運転手にそう伝える。僕も後ろを確認するが、バンがただ停まっているだけに見えた。運転手も一度振り返る。そしてゆっくりとタクシーは走り出した。すると停まっていたバンもライトが点いて走り出す。彼は後ろを向いたままだ。僕もさすがに気になって振り向く。運転手が何か言いたそうだったが、何を言っても、いま彼は聞く耳を持たないだろう。

仕方なくタクシーは右折する。するとバンも右折した。彼が「運転手さん、とりあえずまいて。六本木辺りまで飛ばしてよ！」と語気を荒らげて言い放った。彼がその後も運転手に詰め寄る中、僕はまだ後ろのバンを見ていた。

よく見ると、運転席に座っているのは、日焼けした若い男だった。助手席はギャル風の若い女に見えた。これはどう考えても彼の想像しているようなことじゃない。そう彼に伝えようとしたとき、運転手がおずおずと言う。

「お客さん、すみません。俺、この仕事始めたばっかでさ。六本木の行き方、教えてもらっていい？」と。

懸念はもう解消している。しかしなぜだろう、彼の横で僕は、久しぶりに漫画のような舌打ちをひとつしてしまった。

仕事はできないが、嫌いになりきれない後輩

新進気鋭の役者さんと対談というお話があって、担当者と中目黒駅で待ち合わせた。対談場所のスタジオは、駅から車で十分とのこと。先方が用意してくれた車に乗って、現場のスタジオまで行くことになった。運転手は、その役者さんの事務所スタッフだった。

「よろしくお願いします」と、スタッフの女性はバックミラー越しに僕に挨拶をしてくれた。こちらも、「よろしくお願い致します」くらいのことを言って、すこしだけ窓を開ける。冷たい風が車内に吹き込んできた。

車は進んで、すぐに信号につかまってしまう。そのときだ。運転席の彼女が

ノートパソコンを膝に乗せ、おもむろにメールを打ち始めた。相当緊急の用事なのかもしれない。信号が青になって、隣りの車が走り出す。彼女は、まだメールに夢中だ。後続車がクラクションを短く鳴らす。さすがに僕も「青ですよ」と告げた。「あああ、すみません」と慌ててアクセルが踏まれる。心の中で僕の警戒信号が点滅し始めた。しばらくすると、「あれ、この車、カーナビが古いかもしれない……」と聞こえやすい独り言を口にしながら、完全に迷子になっている様子。

心の中の僕の警戒信号が、超高速で点滅している。スマートフォンで地図を確認すると、曲がる道を一本間違えていたことが判明し、それを彼女に伝えた。すると「ああ、いまそうしようと思っていました！」と、小学生の言い訳のような口ぶりで、汗をかきかきＵターンを始めた。

こんな人は珍しい、と言いたいが、結構な確率で職場に一人くらいはいないだろうか。前職のときの後輩にも、こういう男が一人いた。ここでポカをするのだけは注意しようと、みんなで確認をしたところで必ずポカをしてしまう後輩だった。彼よりもさらに後輩たちが「ちゃんとしてくださいよ、マジで」と強めに注意しているところを何度か見たことがある。

ただ、そんな彼は勤続十五年を超えて、未だに働いている。仕事はできないが、なんとなく嫌いになりきれない後輩だった。「ちゃんとしてくださいよ、マジで」とボヤいていたさらに後輩たちのほうが、見事に全員辞めてしまった。

「誕生日でしたよね」

仕事の合間に彼から誕生日を祝われたことがあった。本当の誕生日は二週間前だったが、嬉しかったことに変わりはない。「二週間前だわ。ったくしょーがねーなー」とか言いながら、ケーキに雑にささったロウソクの火を消したことがあった。

職場は利益を上げなければいけない場所だ。でも、そこで働いているすべての人が適材適所なワケではない。

「青ですよ」

また膝に乗せたノートパソコンを開いていた彼女にそう声を

かけた。「あーすみません。いま、燃え殻さんの本をAmazonで買ってました！」と彼女は謝りながら笑った。

僕は心の中で「いま!?　ったくしょーがねーなー」と思いつつ、先に着いているはずの編集者さんに、すこし遅れる旨のメールを送信した。

人間関係の果ての果ての姿

夕方の閑散としたファミレスで、いまにも手が出そうなほど、怒鳴りあっている老夫婦がいた。店員もチラチラと気にするレベルでうるさく、老夫婦の隣りに座っていた若いカップルは席を替えたくらいだ。

僕は遅いランチを食べ終わり、席とドリンクバーを行ったり来たりしていた。老夫婦のテーブルには、飲みかけのマグカップやグラスが雑多に並んでいる。しばらくその言い合いがつづいたあと、老夫婦は一緒に席を立つ。僕を含めた大多数の客が、そのふたりの動向を窺っていた。

レジで女性のほうが、財布をバッグから取り出して支払いを済ます。男性は

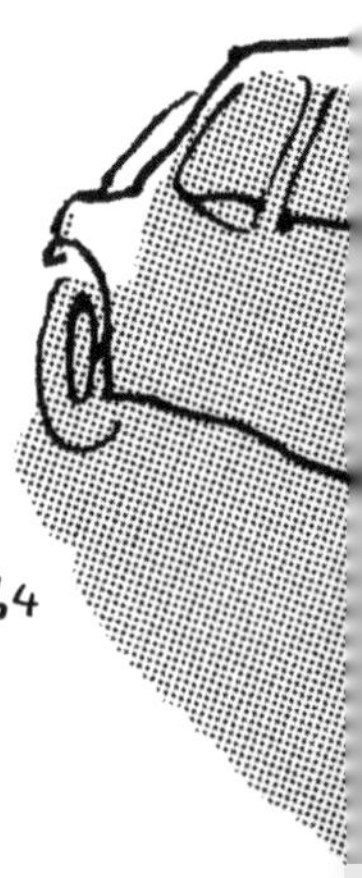

出口のドアを開けてひと足先に外に出て、ガードレールに寄りかかっていた。ふたりとも、八十代くらいに見えた。あとから店を出た女性は、当たり前のように男性と手を繋いだ。男性のほうも表情ひとつ変えずに、しっかり手を繋いだまま歩き出す。そしてふたりはそのまま横断歩道を渡っていく。

　ファミレスに残された僕を含めた客たちは、その展開がまったく理解できず、呆然としていた。席を移動した若いカップルに至っては、「ええ！」と心の声が漏れるほどのショックを受けていた。あれはもう、この世でふたりにしかわからない、人間関係の果ての果ての姿なのかもしれない。

　二十代の頃、住宅展示場で働いている女性と付き合っていたことがある。彼女はとにかく真面目で、高望みをまったくしなかった。蕎麦屋ではきつねそば、焼肉屋では上カルビではなくロースを注文するような人だった。

　若さに任せて、途方もない将来の夢を僕が語ったとき、「わたしはこのまま一緒にいられたら、それだけでいいな」と言われた。季節は秋くらいで、場所は池尻大橋の彼女の部屋だった気がする。

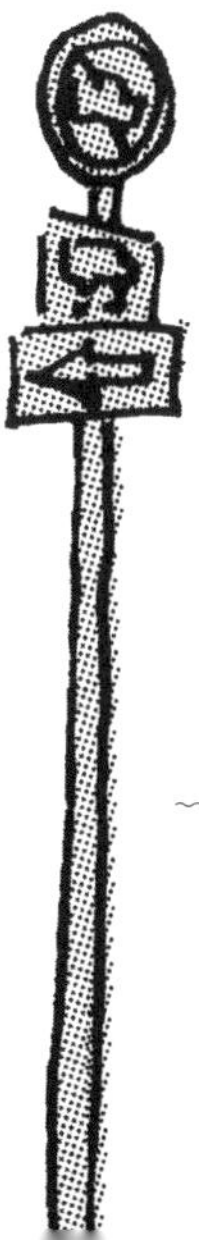

僕はまだ、これから何にでもなれると、自分自身を恐ろしく買い被っていた時期だった。海外に住むことだってありえるし、会社を立ち上げることだって夢じゃない、と努力はしないが自信だけはあるという、一番面倒な年ごろでもあった。

　誇大妄想患者のようだった僕には、彼女のその言葉がとてつもなく夢がなく聞こえて、「なんでそんなにつまらないことを言うの？」と不満げに返してしまった。彼女はそのとき、「つまらなくて、ごめんね」と謝ってくれたけれど、本当に謝らないといけなかったのは、僕のほうだった。

　四十代も半ばを過ぎた。洗面所の鏡に顔を近づけると、去年より確実に老いた自分の顔面にゾッとする。一年一年、確実に老けたことが確認できるのが、四十代という年代あるあるな気がする。

　僕には彼女があのとき人生を諦めているように映った。寸胴鍋に入ったスープをすべて平らげないと、人生はわからないと言わんばかりの僕に、彼女は辟易してしまったのかもしれない。人生という名の寸胴鍋に入ったスープを一口飲んで、「美味しい」と言ってくれた彼女を、僕は突き放していたのだ。

横断歩道を手を繋いで渡っていく老夫婦を見ながら、僕は彼女に申し訳ないことを告げていたと、いまさらのように反省していた。

五万の傘が五分で壊れた

家電量販店の洗濯機コーナーの前で、機能性が書かれたプレートをぼんやり見ていた。

「そちら、最新型になります」

後ろから店員にそっと声をかけられる。

「洗濯機をお探しですか？」

「いや、たまたま」

嘘ではなかった。待ち合わせをしていた友人が遅れると連絡してきて、暇つぶしに家電量販店に入っただけだった。洗濯機コーナーに来たことにもなんの意味もない。ただ、全体のデザインも大きさも同じドラム式の洗濯機なのに、価格差が五万円もあることが妙に引っかかった。

何がそんなに違うのか興味が湧いて、思わず機能性が書かれたプレートを見比べたが、まったくわからなかった。ニコニコを崩さない店員にせっかくなので質問をしてみる。

「この二つの商品は、何が違うんですか？」

「なるほどですね」

なにが「なるほどですね」だとこっちは思いつつ、店員は待ってました！と話し始める。店員の説明を聞くと、五万円の差は、操作方法がタッチパネルかボタンかだということがわかった。

「タッチパネルだとデザインもスッキリ、使い勝手も簡単ラクラクなんです」

店員はそう言って、慣れた手つきでタッチパネルを操作してみせた。

「なるほどですね」

思わず伝染して、僕もそう口に出してしまった。ただそもそも洗濯機で使う機能は、スマートフォンほど複雑ではない。基本は、洗って濯《すす》いで乾燥させるだけだ。その単純明快な工程をタッチパネルで操作するか、ボタン式にするかで五万円も変わるのは、かなり理不尽な気がした。僕の表情から察したようで、店員が「まあ、気持ちって部分もありますが……」とフォローを入れた。

　五万円と言えば、僕の知り合いのテレビ局プロデューサーが、五万円もする傘を持っていた。このあいだ、そのプロデューサーと飲む機会があった。店に向かう途中、ゲリラ豪雨に出くわし、コンビニで久しぶりにビニール傘を買った。値段が千円のものしかなく、「ええ！」と思わず、本気の声が漏れてしまった。

　その日はかなり風が強かったけれど、傘はおちょこになることなく、無事に居酒屋までたどり着くことができた。千円という値段に納得の強度だった。しかしそのプロデューサーは、その何十倍もする傘を持っている。彼は居酒屋にタクシーで乗りつけ、まだ傘はまったく濡れていなかった。

「まずそれぞれの骨の細さ、繊細さ、美しさ」

そう言って、店内で傘をバッと開いてみせる。

「な、全然違うだろ？」

相変わらずの面倒さだった。

たしかに細やかな作りは見事だ。ただ、繊細過ぎて壊れそうだった。そしてその後、居酒屋を出てすぐ、大した強風でもないのに、その五万の傘は、思いっきりおちょこになり、あっという間の五分でゴミと化した。僕も、ゴミをさしたままのプロデューサーも、店先で無言でしばらく立ち尽くしていた。

そのもの自体に求められる機能は決まっているが、利用者が求めていることは、実に多種多様なのかもしれない。

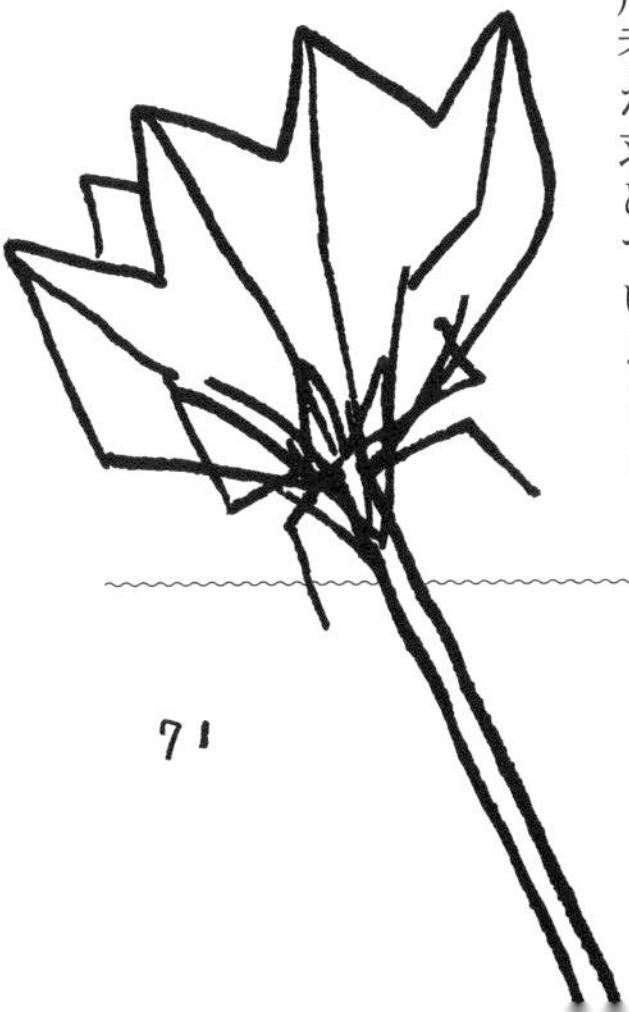

毎回同じで飽きませんか？

朝起きて、一度風呂に入って、そのまま、また寝てしまった。寝癖が悪化し、また起きて風呂に入る。それをまた繰り返して、時計を見ると、もう正午を回っていた。それが昨日。そして今日もほぼ同じことをしている。昨日と今日の差を見つけることができなくて、来週には両日とも忘れそうだ。

昔の思い出や出会いをエッセイに書くことが多いので、よく人から「昔のことをすごく憶えていますね」と感心される。でもきっと、僕が憶えているのは、実際にあったことの一割以下な気がする。ほとんどのことは、思い返す間もなく忘れていっている。それは仕方がないことだし、そうしないと生きていけないが、たまにすこし淋しくなる。

あれは笹塚に住んでいたときのことだ。弁当屋でアルバイトをしている女の子のことが好きになって、仕事が休みの日は必ず彼女が働く弁当屋で、唐揚げ弁当とひじきを購入した。

別に憶えてもらいたくて同じものを注文していたわけではない。一度ハマると飽きるまで同じものを食べつづけるという癖があった。

季節が変わったある日のこと、「毎回同じで飽きませんか？」とお釣りをもらうとき、向こうから話しかけてくれた。「唐揚げ好きなんで」という二点の答え（一万点満点中）が僕の口から発せられた。彼女は鼻で笑うような感じだったが、僕にとっては大いなる一歩として心に刻まれた。

そこから何かが起こることはなかったが、数カ月後古本屋でバッタリ彼女と遭遇した。「どうも」と僕が言って、彼女が「どうも」と返した。そのあとも、残念ながら何かあったわけじゃない。

それから二年以上経って引っ越した僕は、新宿のはずれの弁当屋で、唐揚げ弁当とひじきを買った（五年くらい同じ種類の弁当を食べていました）。お釣りをもらおうとしたときにふと声をかけられた。「あっ」と言ったのは、彼女のほうだった。

笹塚の弁当屋はチェーンではなかった。なんで新宿の弁当屋にいるんだ、と思ったが言葉がまとまらない。彼女はそれを察したように、「私、弁当屋が性に合ってるみたいなんです」と言った。

左手の薬指には、細いシルバーの指輪が見えた。「ああ」となかみのないことを僕は言って、やっぱり言葉はまとまらなかった。すると、「あれからずっと唐揚げ弁当なんですか？」と彼女に言われた。「基本的に」と僕は一点の答え（十万点満点中）を返していた。

二十代三十代は、とにかく同じようなものを食べて、

同じような仕事をしていた。僕が憶えていることは、やっぱりあの頃あったことの一割以下な気がする。ただ、その一割以下だけは強烈に憶えている。それは他の九割以上の中に、忘れてしまっても構わないくらいの穏やかな暮らしと穏やかな出会いがあったからだと思う。

昨日と今日は久しぶりによく眠れた。起きて、風呂に入って、また眠った。ものを書いたり、ラジオ番組をやったり、企画を出したり、とにかく最近は忘れられない日が多すぎた。

よく眠ったら、久しぶりに弁当屋の彼女のことを思い出した。ずっと忘れられない思い出や出会いより、たまに思い出す人や出来事が、実は僕のほとんどなんだと思う。

二十人以上のアイドルのサインを書けた先輩

　サインを書いているときいつも、こんな落書きみたいなものを本当に欲しいと思ってくれているのだろうかと考えてしまう。書けば書くほど、申し訳ない気持ちが込み上げてくる。それでも、サラサラと書き慣れた感じを出そうとし、できるだけ涼しい顔でサラサラとやっている。

　先日、静かな書店のバックヤードで、サインを書くという儀式が行われた。その書店は行きつけだった。日々、「カバーはおかけしますか？」という会話以外交わしたことがない書店員さんから「奥に控え室がありますので！」と、万引きしたらここに連れてこられるんだろうな、という部屋へ案内された。荷物を置いて、お茶を飲み、しばらくしたら儀式の幕開けだ。

　サラサラ、サラサラ。自分の書いたサインを見ながら、「落書き」という単語が頭の中をよぎるが、よぎった先から頭の中の消しゴムで消していく。「役に徹しろ、邪念よ去れ」と心に念ずる。サラサラ、サラサラ。

「がんばってください」

「ありがとうございます」

　サラサラ、サラサラ。

　できるだけサインに集中しようと心がける。

　しかしそのとき僕は、ふと中学生のときの剣道部の先輩を思い出してしまった。

　彼は巨漢で坊主、なぜかいつもジャージを着ていた。常に不機嫌で、皆から恐れられていた。

　その頃、僕は南野陽子のファンだった。ウォークマンで聴くカセットテープには、Ａ面Ｂ面共に南野陽子の『はいからさんが通る』がびっしり入っているくらい好きだった。

ホームルームが終わって部室に行くと、その巨漢の先輩が漫画本を寝転がって読んでいる。「お疲れさまです」と挨拶をすると、「お前、アイドル、誰が好きなの？」と漫画本を読みながらこちらを見ずに聞いてくる。

「南野陽子さんです」と僕はなぜか、さん付けで答えた。「ふーん。ちょっとルーズリーフ貸して」と巨漢の先輩はドラえもんのような丸々した手をこちらに差し出す。僕は慌ててカバンからバインダーを取り出し、バリバリと一枚破って先輩に渡した。先輩はそこらにあった油性ペンで、サラサラと何かを書いて僕に返した。

「これ！　南野陽子のサインじゃないっすか!!」

アイドル雑誌で何度も南野陽子のサインをチェックしていた僕は、興奮気味に先輩に問いただす。

「俺、二十人以上のアイドルのサイン、書けるんだよ」

漫画本を読む体勢に戻った巨漢の南野陽子先輩は、こともなげにそう言った。

「あの先輩はあらゆるアイドルのサインが書ける」という噂はすぐに学年中に知れ渡る（僕によって）。

それから数週間後、部室に行くと家系ラーメンくらいの行列ができていた。行列の先にはあの巨漢の先輩がいた。

「中山美穂でお願いします」

「あの、小泉今日子、大丈夫でしょうか？」

思春期のバカどもの、あらゆるニーズに応えながらサラサラ、サラサラと書いていた剣道部の先輩。あのときの先輩の徹底したなりきりぶりとサラサラが無性に懐かしくなった。僕もヘンテコな名前の作家のなりきりサインを書いているだけだ、という自己暗示をかけ、その日はなんとかサラサラとやり切った。

座席すこし倒してもいいですか？

いろいろ煮詰まって、新宿から思いつきで深夜バスに乗った。行き先は山梨にした。深夜バスに乗るのは、高校生のとき以来なので、三十年ぶりになる。朝方に山梨へ着く便に乗る人なんているのかなあと思っていたら、満員御礼で驚いた。

出発が近づいたとき、真後ろの席にサラリーマンがドタドタと座った。細身のスーツにブランド物のカバン。まだ二十代に見えた。

エンジンがかかって、バスはゆっくりと動き出す。僕はおもむろに後ろのサラリーマンに「すみません、座席すこし倒してもいいですか？」と尋ねた。なんなら言いながら、すこし倒し始めていた。

　すると、「イヤです」と予想していなかった回答が返ってきた。慌ててリクライニングを戻しながら、「えっ！」と思わず腹から声を出してしまった。我ながらきれいな発声だったが、できれば他のタイミングで出したかった。そして彼は間髪容れずに、二の矢を射ってくる。

「絶対倒さないでください」と。

　そんな人いるの？　と疑われそうだが、知り合いからも、新幹線で同じことを言われた経験があるという証言が取れた。よって、できれば信じてもらいたい。結局、僕は山梨までずっと、背筋を正して過ごすことになった。いろいろ行き詰まった先での、山梨への逃避だったのに、さらに気持ちが行き詰まって、煮こごりのような状態でバスを降りることになった。

　降りる間際に後ろを確認すると、サラリーマンは爆睡していて、さらにすこし座席を倒していた。二度と深夜バスには乗るまい、とそのとき固く誓った。

　山梨から戻ると、とあるトークイベントの仕事が舞い込む。ギャランティはほぼなかったが（そろばん塾の月謝一ヵ月ぶんくらい）、お相手の方が一度話してみたい人だったので、額はどうでもよかった。その方の楽屋に挨拶に行くと、気さくな人で、初対面とは思えないほど、ざっくばらんにいろいろなことを話してくれる。つられてこちらも口が滑らかになったが、先方の滑らかさは半端なかった。

「いやーここだけの話、今日のギャラはン十万円と安かったんですけど、燃え殻さんにお会いしたかったから来ちゃいましたよ～」とぶっちゃけてくれた。

「ン十万」

僕はゆっくり心の中で復唱してから、「えっ？」とやっぱり腹から声を出してしまった。知名度が高くて、偉くなるとは、こういうことか。

その場はなんとか乗り切った（はずだ）が、イベントが始まると、お相手の方と僕を隔てる見えないアクリル板がふたりの間に生まれていた。

ギャランティはほぼほぼなかったにしろ、仕事は仕事だ、もっとしっかりこなすべきだ……とか悠長に反省したくても、どうにもそういう気持ちになれなかった。

知名度や実績など、諸々比べるまでもないのはわかる。ただ、同じ扱いのトークイベントで、そんなに差をつけなくてもいいじゃないか。

「一万円（明かさないで！）と数十万も差があるのか……」と頭の中で考えていたら、終了の時間になってしまった。

水平になるほどリクライニングを倒しても、許される身分にいつかなってみたい。

ちょっとスペース・マウンテン三回乗ってくる

うっすらと盛られた蕎麦が僕の前に運ばれてきた。場所は赤坂のとある老舗蕎麦屋。古民家のような佇まいの店には常連しかいない。

僕は緊張した面持ちで、地を這うように薄く盛られた蕎麦を箸ですくい、蕎麦猪口《ちょこ》にこれまたほんの少量しか入っていない濃いつゆに軽くバウンドさせた。

「あー、つけすぎ」

ここで蕎麦警察こと、広告デザイナーKからチャチャが入る。僕的には相当軽く、箸で持ち上げた蕎麦がちょっと、めんつゆに潜ったかな？　ぐらいだったのに、蕎麦警察からすると一発レッドらしい。

「見ててください」とKが模範演技を見せてくれた。「はい⁉」と思わず声が出るほどのエアバウンド。そして「噛みましたか？」と問いただしたくなるほど素早く喉に通した。

Kの家は代々地主で、中学生の頃の小遣いは月十五万円だったという。十五万円渡すような親の子は、怪しい薬物パーティーを開催して逮捕されるはずなのに、Kは十三万円貯金し、二万円を小遣いとして使うという、そつが無い男だった。その頃から、都内の老舗蕎麦屋を父親と食べ歩き、「粋《いき》」という言葉以外では表現できない世界で人生を歩んでいた。

Kの現在の趣味は南部鉄瓶の蒐集《しゅうしゅう》だ。この世の粋を全部集めるとKになる。無駄な所作なく蕎麦を飲み込むように食するKを見ながら、僕は自分の人生の中で「粋」が登場した場面を思い出していた。

それは社会人五年目のときだった。その頃、僕は社内に好きな女の子がいた。その子は口癖のように「個性的な人が好き」と話していた。仕事と仕事のあいだがポカンと四時間くらい空いてしまった日のことだ。彼女に聞こえるように僕は同期に話しかけた。

「ちょっとディズニーランド行ってくるわ。スペース・マウンテン三回乗ってくる」

やはり彼女はその話に秒で飛びついてきた。

「本気？」

彼女の目に「個性的発見！」という文字がハッキリと見えた（気がした）。

「たまにやるんだよね」と僕は嘘を重ねる。前の日にテレビ番組で、ディズニー通のお笑い芸人が「空き時間ができるとディズニーランドへ行って、スペース・マウンテンに乗って帰ってくる」と語っていた、その受け売りだった。

もちろん元ネタは明らかにしないで、彼女の熱い眼差しを受けながら、僕は意気揚々と仕事場を出て行く。そして地下鉄に乗って隣りの駅で降り、初めて入る喫茶店で時間を潰すことにした。

僕は、ディズニーランドに突然行く勇気も、それを独りで楽しめる感性も持ち合わせていなかった。そして時間ギリギリに仕事場に戻ると、彼女が近寄ってくる。

「本当に行ったんだ。なんか粋だね」

そのときの彼女の、一点の曇りなく信じている眼差しと「粋だね」という言葉を思い出すと、いまでも謝罪したくなる。

僕とKが、あっという間に蕎麦を平らげると、蕎麦湯が運ばれてきた。するとKがおもむろにスマートフォンを取り出す。そして何かを真剣に打ち込み始めた。何を打ち込んでいるのかと問うてみると、いま食べた蕎麦屋の点数と感想を食レポサイトに投稿しているという。スマートフォンの登場で、「粋」はすでに絶滅危惧種になったのかもしれない。

「ミスチルの『イノセントワールド』作ったの、ここだけの話、俺なんだ」まだ五反田で映像編集のアルバイトをしていたとき、先輩がそう言ってきたのを憶えている。

その話は僕だけでなく、他のアルバイトやミスチルを知らないであろう警備のおじいさんにまでしていた。「信じるか信じないかはあなた次第です」じゃなくて、信じてはいけない案件だ。

編集所のアルバイトに慣れてくると、誰もがその先輩が息を吸って吐くようにつくホラを、右から左に聞き流せるようになる。

「マジですか」

だいたいこの一言で、みんな各々《おのおの》の仕事に戻っていく。イノセントワールド先輩は、結局いろいろと辻褄が合わなくなり（そりゃそーだ）、最終的にアルバイトを辞めることになった。

どんなにくだらない人でも、一緒に働いた人との別れはそれなりに悲しい。バイト代表が先輩に花束を渡し、先輩はコホンと咳払いをして、最後の挨拶をした。

「実は自分はバンドをやっていて、今年の秋頃に東芝ＥＭＩからデビューが決まったので辞めることになりました」

涙ながらに先輩はそう言った。もう聞くことはないだろう最後のイノセントワールド（そんな言葉はこの世にない）に僕は不覚すぎる涙を流していた。

先週、ゴールデン街に行ったとき、妙に引っ掛かる話をしているサラリーマンふたり組に出会った。

「で、その男が真顔で言うの。ここだけの話、ミスチルの『イノセントワールド』作ったの俺なんですって」

「えー、それマジで言ってる？」

「マジで何度も言ってた。まあ嘘だと思うけどね」

聞き捨てならなかった。

「お話ししているところ、すみませんが」

そう言って僕は彼らの会話に割って入り、その男の特徴を聞いていた。間違いない。イノセントワールド先輩だった。

先輩はどうやらオフィスビルに観葉植物などをレンタルする仕事にいま就いているらしい。話していたサラリーマンの一人が総務部で、先輩と諸々の打ち合わせをしているとき、ポロリと最後にその話をしたのだという。

僕が五反田の編集所でアルバイトをしていたのは二十年以上前になる。二十年経ってまだついている嘘は、もう本当でいいのではないだろうか（そんなわけあるか）。

総務部のサラリーマンが「でも、もう一社の営業が可愛い女の子だったんで、そっちと契約しちゃったんですけどね」とヘラヘラと笑った。なぜだろう、そのとき、イラっとした。

営業に行って、一発で自分を憶えてもらえるネタを持っている人間は稀《まれ》だ。不甲斐ない自分を認めたくなくて、「俺は本当はこんなもんじゃない」と思わず盛った話をする気持ちは痛いほどわかる。

僕の中にも「イノセントワールド先輩」は住んでいる。なんならイノセントワールド的なことを飲み屋で口走ったことさえある。そんな自分の行き当たりばったりな、いい加減さを思うと、「ミスチルの『イノセントワールド』作ったの、ここだけの話、俺なんだ」一本でこの世界を渡り切ろうとしている先輩を、不覚すぎるが改めて尊敬してしまう自分がいる。

「私、おばあちゃんになれたよ」と彼女は笑った

　中目黒の喫茶店でアルバイトをしていた女の子に二十代の中盤、恋をしていた。彼女は僕より七つ年上だった。

　彼女が「ホットココアです」と差し出す左手首には、うっすらとリストカットの痕があった。笑顔を絶やさなかったが、リストカットの痕も絶やさない女の子だった。

　彼女が「今日もホットココアでよろしいですか？」と言った日、僕は閑散とした店内で、「はい」という代わりに、思わずふわっと告白してしまった。彼女はオーダーを繰り返すように「了解致しました」とだけ言った。こうしてド

タドタと僕と彼女は付き合い始めた。

問題はここからだった。僕も彼女も、まだ現実社会を生きる能力がまったく備わっていなかった。気圧が上がっても下がっても、彼女は「あー、気圧がヤバい」と嘆いて、バファリンをラムネのように飲む。僕は僕で、仕事の人間関係で、ほぼ毎日胃痛に襲われ、食事の後に胃薬を飲まない日がないという状態だった。

そんなふたりだったので、「いまは健康を第一に考えよう」と話がまとまり、数カ月で別れることになる。対面で別れ話をすることすら大変で、待ち合わせ場所のカフェに彼女は来ることができなかった。ＰＨＳに着信があり、「ごめん、気圧で起きれない」と告げられた。それが僕たちの最終回だった。

それなのに突然、スピンオフのような出来事が起きた。彼女からＳＮＳにメッセージが届いたのだ。その日、僕は一旦締め切りを忘れて、待ち合わせた公園のベンチに座っていた。公園は、すべり台とブランコが二台、それにベンチというミニマムな造り。

僕がペットボトルのホットティーをずるずるやりながら、終わらない原稿と彼女のことを考えていると、すべり台の上からまだ幼稚園に入園していないくらいの可愛らしい男の子が、スーッと滑ってくるのが見えた。

「上手！　上手！」

傍《そば》で見ていた女性が手を叩いて男の子を褒める。男の子は気を良くして、タタタタとすべり台の階段を駆け上がって、またスーッと滑ってみせる。ほのぼのとしたその光景に僕は一瞬、考えごとを忘れ、見入ってしまった。男の子の傍で手を叩く女性は僕と同い年くらいに見えた。

ニコニコ笑っているその女性のことをしばらく見ていたら、記憶が突然甦り、思わず「わあ！」とホットティーをこぼす勢いで立ち上がった。その声に驚いた彼女と男の子がこちらを振り向く。その女性は間違いなく、気圧にバカ弱く、リストカットの痕が絶えなかったあの彼女だった。彼女はニコッと笑って会釈してくれた。

そのあと一緒にベンチに座って、あれからの人生について、お互い語り合った。目の前の男の子は、彼女の子どもではなく、彼女の娘さんの子どもだった。

「私、おばあちゃんになれたよ」と言って、彼女は笑った。

あの頃の無駄に脆《もろ》くて儚《はかな》かった僕たちが見たら、笑ってしまうほど彼女はたくましく強くなっていた。

生きていられさえすれば、迂闊《うかつ》に人は幸せになれることもあるんだ。彼女が時差をもって、そんなことを教えてくれた。

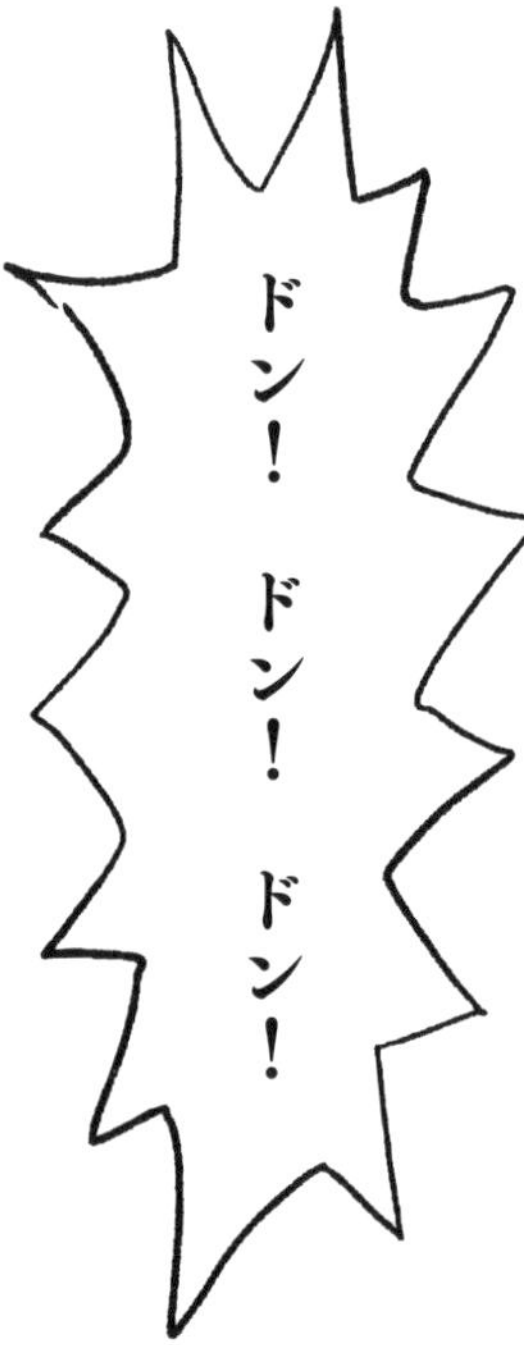

「やけに家賃が安いから、最初は事故物件かと思ったんだ」
デザイナーのMの引っ越し祝いをやっていたときのことだ。ポン！　とスパークリングワインの栓を抜いたところで、Mがそう切り出した。不動産屋に確認すると、事故物件ではないと断言したらしい。
ただMの借りた部屋は、どう考えてもまわりより家賃が極端に安い。怪しいのになぜ借りたんだ？　と僕が尋ねると、「お前ね、フリーのデザイナーの薄給、なめんなよ！」と静かにキレられた。
「で、なんで安いの？」と僕がまた尋ねたところで「ドン！　ドン！　ドン！」と壁を叩く音が聞こえた。

「隣り？」

僕の質問にMは無言で頷く。

「どういうこと？」

Mは何も言わず、開けたスパークリングワインをグラスに注ぎ始めた。しかし噴き出す泡の目測を誤り、大量にこぼした。「あーあ」と僕はティッシュペーパーを取ろうとして、ビールの空き缶を二つ床に落としてしまった。「カラン、カラン」と軽快な音が響きわたる。

すると、「ドン！　ドン！」と壁が二度叩かれた。「いまのカラン、カランへのクレーム？」とMに尋ねた。「ちょっとした物音でも壁を叩いてくるんだ」とヒソヒソ声でMが言う。この物件の問題は、部屋ではなかった。入居してくる人を、隣人が次から次へとノイローゼにして、出て行かせてしまうことにあった。

「大家は？」

僕もヒソヒソ声で尋ねる。

「叩いてるヤツが、大家の息子なんだ」

Mがさらに音量を下げ、ヒソヒソ声で言う。

「ドン！」

そこでまた合いの手のように一回、壁が叩かれた。

社会人になりたての頃、笹塚に住んでいた女性としばらく同棲していたことがある。僕の仕事終わりはいつも深夜だった。

それは、くたくたの身体を引きずるようにして、いつも通り笹塚に帰った夜のことだ。彼女は次の日が早いらしく、すでにベッドで眠っている。僕は音量をできるだけ絞って、テレビを観ながら、菓子パンを缶ビールで流し込んでいた。部屋の灯りは、テレビだけだ。

そのとき、ふとベランダに気配を感じた。暗闇に目を凝らしてみるが、真っ暗で何も見えない。勘違いだったかと気を取り直して、僕は菓子パンを頬張り、またビールをグビッとやった。ザッピングを繰り返し、スポーツニュースで手を止める。そのとき、またベランダに気配を感じた。視界の隅で、たしかに何かが動いた気がした。僕は静かに立ち上がり、窓に顔を近づけてみる。するとガラス戸の向こう側で、銀ブチ眼鏡の男がヌラ〜ッと無表情でこっちを見ていた。

その距離、ガラス戸の厚さ二センチのみ。「うあああ」と僕は思わず腰を抜かして後ろに倒れた。外にいた男は無表情のまま向きを変え、柵を越えて逃げていった。

後々わかったことだが、銀ブチ眼鏡の男は、彼女の隣りに住んでいた大学生だった。そしてその男も大家の息子で、下着泥棒でもあった。

「ドン！　ドン！　ドン！」

まだ何の音も出していないのに、また隣りから壁を叩かれる。「幽霊のほうがまだ話し合える気がするわ」とMがスパークリングワインを飲み干し、ポツリと言った。

そのとき、世界の広さを思い知った

僕には他人とは違う、変わった趣味はない。

ネットを見ていたら、たぬきの置物を大量に盗んだ男が、窃盗容疑で逮捕されたというニュースが流れてきた。男に何が起きていたんだろう。何も起きていなかったのかもしれない。気づいたら、やっていた。そんなところなのかもしれない。

真夜中のプールに忍び込んでみたいと思ったのは、小学生のときだった。僕は自分の中の他人が思いつきそうにない画期的なアイデアに半ば興奮しながら、家族が寝静まるのを待った。妹の寝息が聞こえてくる。父と母も寝たことを確認して、僕は居間で静かに服を着替えた。できるだけ音がしないように玄関を閉めた。学校に着くとフェンスを乗り越え、静まり返った夜の校庭を走った。星もほとんど出ていない夏のはじめだった。

プールの前まで行くと、微《かす》かに音が聞こえる。入り口が開いていた。「バシャ、バシャ」と音がする。漆黒《しっこく》の闇の中のプールに人影が見えた。僕は反射的に腰を抜かして驚いたが、驚きすぎて声も出ない。

人影がゆっくりとこちらに近づいてくる。どんどん近づいてくる影に、僕は逃げる余裕もなく、腰を抜かしながら、暗闇に目を凝らした。影は、平泳ぎでこちらに向かってくるおじいさんだった。おじいさんは「おう。気持ちいいぞ」とだけ言った。

僕はそのとき、世界の広さを思い知った。「真夜中のプールに忍び込む」という自分だけが思いついたはずの画期的なアイデアは凡庸《ぼんよう》だった。おじいさんに打ちのめされながら、「大丈夫です」と返し、僕はほぼ四つん這いの体勢でその場を離れ、一度も振り返らず家まで走って帰った。寝室では、妹が変わらず寝息を立てていた。父と母も眠っている。僕は掛け布団を頭までかぶって、自分が目にした出来事を反芻した。

その夜から、僕はなるべく凡庸に生きようとしてきたと思う。何かに熱狂して、我を忘れるような興奮に浸ることはほとんどなく、ただただ冷静に人並みに生きてきた。

だからだろうか、「たぬきの置物を大量に盗んだ男」のようなニュースを目にすると、自分の中の凡庸が疼《うず》き、真夜中のプールで先に泳いでいたおじいさんを思い出してしまう。

だからせめて、自分の身に起きた凡庸な出来事と、凡庸ながらも心が動いた何かを、忘れる前に記したいと思った。忘れてしまっても仕方のない出来事を、あえて記録する。それは凡庸に生きている人間の凡庸さなのかもしれない。でも、つまらない凡庸さも振り返るとそれなりの歴史にはなる。

この週刊誌連載は僕の凡庸さの集積のような気がする。自分としても、凡庸な記憶の海の中で一瞬だけ思い出して書き記し、またすぐに忘れてしまった出来事ばかりなので、読み返すと人ごとのように楽しめる。

今日も僕には大事件は起きないし、起こさない。他人が思いつかず、実行しそうもない画期的なアイデアも思いつかない。それでも日々はつづく。僕はこの場所で、自分の身に起きた凡庸でかけがえのない出来事を記していきたい。

査定、査定の日々である

査定、査定の日々である。

最初にネットで小説を連載したとき、ＰＶ（閲覧）数で毎週順位が発表になるシステムに組み込まれた。同時期に連載をしている作家の誰が人気で、誰が人気がないかが、毎週、白日のもとに晒《さら》された。

とあるアイドル総選挙をテレビの前で観ながら、「残酷ショーだな」と思っていたが、気づいたら小さい規模の残酷ショーの一部に自分も組み込まれていた。そして小説を出版させてもらうと、今度は明確に順位が数時間ごとにネットにアップされることになった。

「がんばりました」も「寝る間を惜しんで書きました」も、「知らねーよ」の世界で僕は生きている。書籍には好き勝手なレビューがつき、順位と星が明記される。人間だもの、酷評されれば落ち込むし、褒められたらうれしい。

酷評を見つけたとき、「届かないでいい人にまで届いたということですよ」という応急処置のような慰めの言葉を言われたことがある。こちらがあからさまに傷ついているとわかったのか、担当編集の人がスッとその言葉を差し出してくれた。大量に血が噴き出している箇所に絆創膏を貼るくらいの言葉ではあるが、ないよりは何倍もましで、ありがたかった。

J－WAVEで始まった自分のラジオ番組もまた査定、査定だ。聴取率調査はもちろん、有識者の方々に「この番組はどうですか？」と聞くという査定にかけられる。そして、有識者の方々から、まったく忖度のない率直なご意見をもらった。有識者のメンバーは錚々たる方々で、その人たちに査定されると聞いただけで、僕は夕飯を抜いたくらいだ。

昨夜、「有識者による、燃え殻さんの番組に対する感想が届きました」という恐ろしい表題のメールが届いた。つくづく因果な商売に手を染めてしまった。四十も半ばを過ぎて、忖度ない意見、忖度ない順位をシャワーのように浴びる人生になってしまった。

「この番組はあってもいいが、興味はない」

そんな一文がメールの最初の方に書かれていた気がするが、危機察知能力をフル稼働させて、すぐにゴミ箱に捨てた。

一つの査定が終わっても、待っているのは次の査定だ。いちいちトラウマになっていたら、生きてゆけない。

さっきまで、新宿の喫茶店で打ち合わせをしていた。二十四時間営業、喫煙バリバリ可という店で、客層は「新宿」という街をそのまま体現したような感じで、よく言えばバラエティに富んでいる、悪く言えば、どこまでも悪く言える感じの店だった。

「あっ、あなた『一年後に億を稼ぐ１００の方法』って本を書いている人だろ？　そんなダーティな商売して恥ずかしくないのか？　なんか言えよ」と突然凄まれた。

「そんな本、書いてないです」と静かに言い返すと、凄んできた人はその場でスマートフォンで検索を始めた。僕の顔とスマートフォンの中の顔を何度も見比べて、人違いだとわかったらしく、「気をつけろよ」という謎の言葉を残して去っていった。「はい」とこちらも謎の謝罪でしっかり対応（もっと自分を大切に）。

因果にも程がある人生になってきた。査定、査定の日々である。

知り合いの誰もいない土地で

メールやリモート会議をこなしながら、まるでずっと東京で仕事をしているかのように振る舞いつつ、愛媛県松山市の温泉宿に三日ほど滞在している。

何か目的があったわけではない。唐突に、縁もゆかりもない土地に行ってみたくなった。東京で仕事をしていると、一日の行動は理由も理屈もつくことばかりになってしまう。理由や理屈を問われると、スルスルと正しいっぽいことが口をつたう人間になりがちだ。そんなことを繰り返していたら、どんどん人間っぽさが薄れていくような気がして、息苦しくなり、ときどきフッと消えたくなる。

人間関係も仕事もすべて丸ごと捨てて、知り合いの誰もいない土地で行き当たりばったりにアパートを借りて暮らす。そんな世捨て人にずっと憧れながら生きている。そのまま知らぬ土地で野垂れ死ぬというのも、いいかもしれない。「野垂れ死にとは傍《はた》迷惑だ」と怒られそうだが、先日、僕は野垂れ死にかけた。満員電車に乗っていたら、久しぶりに動悸が激しくなり、慌てて途中下車した。そのまま駅のベンチにもたれかかるように座って、しばらく意識を失っていた。気づいたらベンチの下で伸びていて、目を覚ましたあとも、全身が痺《しび》れてまったく動かない。

もともと悪性の不整脈（ブルガダ症候群）を持っているので、いつかどこかで、プツリと逝ってしまいそうだ。自分の中ではこの不整脈がときどき悪さすることを「死の予行練習」と呼んでいる。できれば、本番は近々《きんきん》には来ないでほしい。

全身が動かないで困っているそのとき、高校生くらいの青年ふたり組が目の前にやってきて、僕を覗き込むように見た。僕は口を動かすこともできない。

すると彼らふたりは、僕のズボンのポケットをまさぐって、財布を持って走って行ってしまった。あのときほど、野垂れ死にしたいと思ったことはない。それが一週間くらい前のことだ。

　とにかくいろいろ重なって、ほとほと疲れて、愛媛県松山市まで逃げてきた。いま泊まっている宿はとても小さく、働いている人も片手で数えられるほどだ。部屋もよく言えば簡素、悪く言えば独居房といった佇まい。夕食が、部屋食ということだけはありがたい。さっき食事の準備をしてくれた若い女性が女将《おかみ》のひとり娘だと、自己紹介してくれた。

　母親が女将をやっていたら、将来は十中八九、この宿を継ぐことになるのだろうと思って、「どこか知らない土地で暮らしたりしたいでしょう？」と尋ねてみた。彼女はテーブルの上に、丁寧に小鉢を並べながら、「自由にさせてもらっているんですよ。来月からニューヨークに舞台の勉強をしに留学する予定なんです」と笑顔で告げられた。

「そうでしたか……」

僕は落胆するように応えてしまう。自分が頭で思い描いていた、他人《ひと》様《さま》の窮屈な未来が、自分への過度な慰みだったと気づいて恥ずかしくなった。

「どのみち後悔をするなら、自分で選びたいんです」

彼女は微笑みながらそう言うと、僕に温かいほうじ茶を入れてくれた。

太字のゴシック体で「人間不信」

　とある映画のプロデューサーと渋谷の喫茶店で待ち合わせた。数分遅れてしまって、お詫びをしながら僕はそそくさと席に座る。プロデューサーは七福神の大黒天にそっくりで、恰幅が良く、ニコニコと笑みを絶やさない。打ち合わせもいたって順調。「いいですね〜」「なるほどですね〜」と、とにかく気持ちよく僕を持ち上げてくれる。僕は「ありがとうございます」を連発して、打ち合わせは無事終了した。

　そして次の打ち合わせのため、僕は先に店を出た。打ち合わせに指定された場所が、かなりわかりにくかったので、タクシーに乗ることにした。タクシーはその日、なかなか来なかった。しばらくすると、後ろから怒鳴り声が聞こえてくる。

「うるせえな、何度も言わせるんじゃねーよ！」

あまりの迫力に、僕は思わず振り向いてしまう。声の主は、先程まで打ち合わせをしていた大黒天、その人だった。行き交う人が多かったのと、僕が車道ギリギリにいたこともあり、スマートフォン片手の大黒天はまったくこちらの存在に気づいていない。

「あー？　だ〜か〜ら〜」と大黒天の怒号は止まらない。誰もが振り向く大きな怒鳴り声で、さっきまでのニコニコ大黒天から鬼の形相《ぎょうそう》への豹変ぶりに僕の頭の真ん中に「人間不信」という太字のゴシック体が浮かんだ。

同じような気持ちになったことが、過去にもあった。場所は僕が昔住んでいた、六本木の大通りから一本入ったところ。飲み会で出会った女の子と、その日が初めてのデートだった。黒のひらひらとしたワンピース姿が美しかった。治安がロサンゼルス並みに悪いバーで、ジャンジャン飲んだ。

彼女は横浜に住んでいて、「六本木は全然来ないから緊張する」と言っていた。近いうちにまた会おうと約束をして、日比谷線の六本木駅まで彼女を送り、僕は住んでいた六本木の古アパートに戻ろうとした。

　季節は秋で、二十年以上は前の話だ。帰り道、急にラーメンが食べたくなって、いまでは潰れてしまったラーメン屋にひとり入った。味噌ラーメンのスープまですべて飲み干すと、店を出て、自宅近くの路地に差し掛かる。そのときだ。身長二メートルはありそうな外国人男性と、華奢《きゃしゃ》な日本人女性が熱い抱擁を交わしている真っ最中だった。

　六本木だねえ、と思わず見入ってしまう。そこで「ん？」と僕は気づく。よく見ると、その日本人女性の黒のワンピースに見覚えがあった。それは間違いなく日比谷線六本木駅で別れたはずの、さっきの彼女に違いなかった。彼女は大きな外国人の頬に両手を伸ばし、恍惚の表情を浮かべ、流暢な英語で何か喋っていた。さっきまで一緒だった彼女とは、あまりに違う態度と表情。僕は踵を返して、来た道をダッシュで引き返す。

そのあと、どうしたのかは忘れてしまった。彼女とその外国人が、もともと待ち合わせをしていたのかも不明だ。というか彼女の全部がいまでは不明だ。怒鳴り散らす大黒天の怒号を背中で聞きながら、僕はあの日の、僕の知らない彼女の恍惚とした表情を思い出していた。

人が「先生」と呼ぶとき、そこには必ず思惑がある

政治家に「先生」と付けるのは、どうなんだろう。もう仕方がないのかもしれないが、まったく腑に落ちない。だって彼らは……と書いていくと、普通の飲み会の雑談みたいにウダウダで終わってしまいそうだ。だから割愛するが、腑に落ちていない。

腑に落ちないまま、いつのまにか同級生が政治家になっていた。実家に帰ったら、ガッツポーズで笑顔の同級生のポスターが、町中の至るところに貼られている。「先生」と呼ばれるようになった同級生との思い出は、エッセイに書くより、ネットの掲示板に書き込みたいことだらけだ。

ただ学生時代の彼しか僕は知らない。あれからいろいろあって、「先生」になるくらいだ、きっと変わったんだろうと思っている（気がしないでもない）。そして「先生」と呼ぶまわりの人たちには、必ず何らかの思惑がある。「先生」と呼んでお前を持ち上げてやっているんだから、わかっているよな感が見え隠れする。

今年の正月明け、僕は半年ほど取り組んでいた小説がやっと完成し、温泉にでも行こうかとぼんやり考えていた。マッサージに行って、終わったら近くのマッサージ店に入る、マッサージのはしごもいいかなと画策していた。そんなことを考えていたら編集者のＳさんから連絡が入る。

「お疲れ様です。ちょっとお時間いただけますか？」

Ｓさんとはメールのやり取りはあるにせよ、実際に会うのは数年ぶりだった。池袋のはずれのカフェで待ち合わせをすると、どこで買ったんだ！　と問い詰めたくなるようなカラフルなパーカーを着たＳさんがいた。

Ｓさんは大手の出版社で編集者をしているエリート中のエリートだ。「いや

〜最近どうですか？　こっちはもうてんやわんやで」と数年前とまったく変わらない導入でSさんは話し出す。「それでですね、新しい小説を書いてみませんか？　というお話を先生としたくてですね」とSさんは口からスルスルと、当たり前のように僕を「先生」と呼びながら本題に入った。

　そうだった。僕も気を抜くと、そう呼ばれかねない、いかがわしい商売をしているんだった。そしてSさんのほうが年収は多くて安定しているのに、僕を「先生」という短い呪文一つで、御輿《みこし》の上に乗せようとする。「よっ！　中村屋！」という大向《おおむこ》うのように上げる上げる、担《かつ》ぐ担ぐ。

　人が「先生」と呼ぶとき、そこには必ず思惑がある。「そうですね。タイミングが合えばぜひ」くらいの話をして、僕はそのカフェを出て、マッサージ店を本当にはしごしてみた。二軒目のマッサージ店で、年配の女性が僕の背中を揉みしだきながら出し抜けに言った。

「お兄さん、かっこいいねえ」

　視界がホワイトアウトで失われるくらいに、お香が焚かれた煙《けむ》いマッサージ店だった。耳をすますと、遠くから喘ぎ声らしきものが聞こえてきた。別料金を払えば、別のサービスも受けられるマッサージ店だった。

「どうする？　かっこいいお兄さん」

「お兄さん」と呼ばれたのはいつぶりだろう。「かっこいい」に至っては、記憶にない。思わずお願いしそうになったとき、「先生」と呼ばれるようになった同級生の、ガッツポーズの笑顔が頭をよぎった。

愛しのカレースタンド

駅前にカレースタンドを見つけると、さほど腹が減ってなくても、入ってしまう。

カレースタンドの佇まいが好きだ。らっきょうと福神漬けの容れものがひとつ飛ばしくらいでカウンターに置かれている感じもいい。カレースタンドでアルバイトをしている人に悪い人はいない（独断と偏見）。

どこのカレースタンドも、美味《うま》すぎず、不味《まず》すぎない。値段も高すぎず、安すぎない。黙々と食べる客のマナーもどこまでもフツーで、うるさくもなければ、食べ方が汚いわけでもない。

打ち合わせが終わったあと、デザイナーと笹塚のカレースタンドに寄った。ここはどんなときでも、客がほとんどいない。いつも、閉店していないかとハラハラしながらスタンドに向かう。

その日も、僕ら以外客は誰もいなかった。秒速で出てきたたまごカレーを食べながら、しみじみとデザイナーが言う。「こんな感じのものを食っていたら平和なんですよね」と。僕は間髪を容れず「本当になあ」と相槌《あいづち》を打つ。

前日、僕らはとある鮨屋に真夜中に呼び出された。Netflixの僕の原作映画を観たという、とあるプロダクションの偉い人から知り合いのディレクターを介して「一度お会いしたい」と言われて、断りきれずに出向くことになった。

住所と鮨屋の店名だけ、メールには記されていた。場所が西麻布だったので土地勘がなく、ふたりしてタクシーで向かうことにした。

「住所はたしかにこの辺りなんですけどねえ」

とタクシーの運転手は、小道をノロノロ走りながら言う。申し訳なくなって、僕らは早々に降りて、自力で探すことにした。

しばらく同じ道をぐるぐる迷っていると、真っ暗の民家の扉が突然ガラガラと開いて、現れた板前に「お待ちしてました」と言われた。「わかるかー！」とツッコミを入れたくなったが、西麻布の板前独特の怖さを感じ、「どうも」と静かに挨拶をして中に入った。

店の中は五人も入ればいっぱいのカウンター席のみの造り。真ん中で寿司を握っている大将は、有名店を渡り歩いて、この店を五年前に出したという。プロダクションの偉い人は一貫一貫、「口の中で溶けるね」とご満悦だ。たしかに旨かった。ただ隠れ家すぎる気もした。

結局、偉い人にクルーザーと時計を自慢され、その夜会は終わりを告げる。なんで呼ばれたのか、死ぬまで問いつづける事案と化した。一緒に来てくれたデザイナーは、「場に緊張してトロとウニが同じ味がした」という名言を残した。それが昨日、からのカレースタンドだった。

カレースタンドでふたりしてしみじみと、美味いと不味いの間みたいなカレーを口に運びつつ、スマートフォンをいじる。面白半分に昨日行ったあの鮨屋をインスタで調べてみた。すると、いかにもな薄着の鼻筋の通った巻き髪美女と黒光りしたおっさんというペアの写真がガンガン上がっていた。「有名店を渡り歩いた店主よ、巡り巡った結果がそれでいいのか」と余計なことが頭をよぎる。

もしこの先、間違って地位と名誉が手に入ったとしても、僕はカレースタンドを愛し、食べつづける人間であろうと、心に誓った。

運転手さん！　それ僕です

「いいですねー！」

編集者がものすごい速さで、送った原稿を褒めてくれた。全部読む前に褒めてくれたに違いないスピード感だった。スピード感のある褒めはとても大切だが、あまりに速いと、それはそれで切ない。しかし「ダメですね」と言われるといくらでも落ち込めるので、どちらかと言えばアリだ。

昨日、読点の「、」をどこに打っていいかわからなくなってしまい、そのことを編集者に伝えたら、「その感覚、わかります」と高速で同意が返ってきた。

「いや、編集者なんだから、わかっちゃダメだろう」と、いくらなんでも、そうツッコミそうになったが、嘘でも肯定されたいので、それもどちらかと言えばアリだ。

「どこに読点を打っていいかわからなくなったら、休んでみましょう」編集者に心療内科の先生みたいなことを言われ、昨日から休んでいる。

ちょっと前、「斉藤和義さんが絶賛してるよ！」と友人からメールが届いた。なんと、斉藤和義さんがファンクラブ通信の中で、僕の本を面白いと全面的に褒めてくれているらしい。友人はファンクラブに入っていたので、そのことを知り、「俺はお前の友人であることを初めて誇りに思った」と興奮気味に失礼なことを言われた。

絶賛の嵐はつづくときはつづく。ＦＭ局のラジオ番組のディレクターさんから「小説読んでます。一緒に番組をやりませんか？」と嬉しい話を持ちかけられた。とはいえ小説の執筆とラジオで話すのとは、別世界というか、別の職業というか、とワタワタしているあいだに特番が決まってしまった。それも生放送だという。「いや、それはいくらなんでも」と言いかけると、「生放送も収録も変わりませんから！」とバッサリ会話は打ち切られる。

当日、僕はあまりのプレッシャーにひとり居酒屋に行き、「濃いめのレモンサワーください」と二杯引っかけてスタジオに入った。一時間の生放送。始まってしまうと本当にあっという間で、レモンサワーのおかげもあって、番組は無事終わった。

スタジオから出ると、ディレクターさんが「いやあ、最高ですねー！」とまた褒めてくれる。褒めは不安を打ち消す。僕はなんとか最後の力を振り絞って「緊張はしませんでした」と緊張しながら言った。スタッフの皆さんはどこまでも優しく、手を振ったり、頭を下げたりしながら見送ってくれ、僕はラジオ局をあとにする。緊張しすぎて電車に乗る気力が残っていなかったので、通りかかったタクシーをとめた。

運転手さんに行き先を伝える。道路はその日、やけに混んでいた。カーラジオから、さっき僕がナビゲーターをしていたラジオ局の放送が小さく流れている。そこでふいに運転手さんが話し出す。

「さっきさあ、ラジオで喋ってた人、面白かったんだよ〜。何が面白いって、緊張でずっと声震えてやんの」

「運転手さん！　それ僕です」

と大声を出しそうになった。

忖度のない感想はいつの時代も恐ろしい。

嘘でもいい。嘘でもいいから、褒められながら生きていきたい。

日本もおしまいだな

新宿の紀伊國屋書店で、文庫を取ろうと手を伸ばしたときだ。横で、すこし屈《かが》んで文庫を物色していたＯＬ風の人もそのとき同時に手を伸ばし、お互いの手が触れそうになってしまった。「あっ」と僕が言うと、彼女が「すみません」と手を引っ込めた。こんなベタな出会い方もあるのか、とまんざらでもない空気が一瞬流れる。

「お待たせ」

すると僕らの後ろから声がかかった。

「遅いんだけど」

彼女は声の主のスラッとしたスーツの男に、僕には見せたことのない笑顔を見せ（いま会ったばっかですよー）、腕を組んで行ってしまった。ロマンチックな出会いかと思ったら、ただの偶然だった。

「日本もおしまいだな」

僕は心の中でそうつぶやく（主語デカめ）。

自慢じゃないが若い頃、お見合いパーティーに参加したことがある（本当に自慢じゃない）。華やかなホテルの宴会場みたいなところで開かれるのかと思って行ってみたら、場所は新宿の雑居ビルの地下だった。天井は低く、小さなテーブルが中央にあり、そこには乾いた寿司とピラフ、そして謎のスープ（具なし、ほぼ味なし）などが、雑然と置かれていた。

僕は友人とふたりで参加した。参加者全員、胸元にデカく番号が書かれたバッジをつけさせられる。司会は巨大な赤の蝶ネクタイをした、日焼けサロン通い丸出しの男だったのを憶えている。「それでは、まずはフリータイム！」とマイクの音が割れるくらいの大声で、巨大蝶ネクタイ男がシャ

ウトした。

「いきなりか!!」

僕は心の中でそう叫んだが、仕方がない。僕らは狭い会場を右往左往して、どうにか元を取ろうと頑張った（たしか男は六千円くらいは払った）。

人気の女性の前には行列ができていた。一回並んでみたが、勝ち目がなさそうで、戦列から離脱した。あまりにも狭い会場なので、あっという間に一周してしまい、友人と再会する。友人は「さっき、母親に似た子がいた」というレアな驚きを口にしながら、乾いた寿司を食っていた。

しばらく様子を窺っていると、部屋の隅でジッとしている女性が一人いる。彼女のまわりには誰もいない。ふと気づくと、友人は自分の母親似の子と楽しげに話し始めている。このままではいけない。僕は勇気を振り絞って、その女性に声をかけた。聞けば、友人に無理やり付き合わされただけで、いますぐにでも帰りたいという。

「一緒にここから抜けようか」

僕は彼女にそう伝える。彼女はコクンと頷いてくれた。僕たちは会場をあとにして外に出る。

駅まで一緒に歩いて、改札で連絡先を交換した。お見合いパーティーに行って、雰囲気に馴染めずに抜け出したふたり。お見合いパーティーの出会い方としては、ほぼ百点満点な気がした。

都営新宿線の改札に入っていく彼女を見送ってから、早速メールを送ってみる。すると、何度送っても、送信エラーになってしまう。彼女が教えてくれた連絡先はまったくのデタラメだった。

「日本もおしまいだな」

そのときも僕は心の中で、そうつぶやいた。

喫茶室、東京

赤坂に二十年以上前から営業している喫茶店がある。「喫茶B」。看板ママはもう年齢の縛りを脱して妖精のように可愛い。

幾多の有名人が通っていた店らしく、妖精は「前に野坂昭如さんがね」と昨日のことのように亡きレジェンドの話をする。僕と一緒にいた若い編集者はまったく興味がないらしく、「はあ」くらいのぼんやりとした反応しか返さない。

「しばらく前に永六輔さんが来たときはね」

それでも妖精の話は止まらなかった。永六輔さんのラジオは、僕の母親がずっと聴いていて、あの独特の声を聞くと実家を思い出すほどだ。

若い編集者は、妖精の話が佳境を迎えようとしていたとき、スマートフォンを取り出す。すると妖精がそのスマートフォンを人差し指と親指でつまんで回収した。

「こんなものいじってないで、お話ししましょうよ」

優しく、でもちょっと凄みをきかせて妖精はそう言った。さすがにヤバいと思ったのか、若い編集者は頭を下げ、背筋を伸ばした。妖精は何事もなかったように、「でね」と続きを話し始める。

昔、同じく赤坂の別の喫茶店で、永六輔さんを見かけた。それは僕がまだテレビ業界の隅っこで雑務に追われていたときのことだ。

ＴＢＳでの仕事を終えて、そのとある喫茶店でコーヒーを飲んでいると、カランコロンと扉が開いた。そしてあの独特の声が聞こえてきた。永六輔さんがスタッフらしき人たちを連れて店に入ってくる。

ここに母親がいたら大喜びだろうな、とぼんやり眺めていると、永六輔さんの一団から少し離れた席に、小柄な老人と若い男が座っているのに気づいた。

老人の顔に見覚えがある。小柄な老人は、小沢昭一その人だった。

これまた昭和の喜劇スター、ラジオスター、いろいろスターのレジェンドだ。これまた母親が大好きだった番組『小沢昭一の小沢昭一的こころ』は、わが家の夕飯前の定番BGMだった。いやらしいのと、面白いのとのブレンドが絶妙なラジオ番組を幼少期、ずっと聴いていた。

その小沢昭一さんが、永六輔さんのすぐ近くで静かにティーカップを口に運んでいる。なんて東京なんだ、と僕は感動していた。

小沢昭一さんの前に座っている若い男はどうやらADらしく、番組の説明を一生懸命している。説明が終わると、若い男はお冷やを一口飲んで、スポーツ新聞を広げた。「小沢昭一さんがいるのに、スポーツ新聞読むんか！　そこの若い衆！」と衝撃を受けながらも、きっと彼には日常なのだろう。そう思って、倍ため息が漏れた。

「バサッ！」

次の瞬間、若い男が広げたスポーツ新聞を小沢昭一さんが取り上げる。

「せっかく一緒にいるんだ。話そうよ」

たしかそんな風なことを言った。永六輔さんたち一団も、小沢昭一さんのほうを見ていた気がする。

つくづく東京だなあ、と僕はそのとき唸った。ポリポリと漫画のように頭をかいてスマートフォンを引っ込める若い編集者と赤坂の妖精の話を聞きながら、東京の東京的出来事がセピア色で甦ってきた。

「串カツ田中」が恋しい夜

　知り合いが「東京一素晴らしいバーを見つけた」と誇らしげに話していたので、住所を教えてもらい、行ってみることにした。そこは二度行ったのに、二度とも迷ったという隠れ家すぎるバーらしい。グーグルマップが「目的地に到着しました」と告げたのに、そこには看板も灯りもない。だだっ広いオフィス街に僕はただ呆然と立ち尽くしていた。

　古そうな雑居ビルがすぐ横にあったが、まったくバーが入っているらしい気配はない。というか灯りもなければ音もしない。でも重たそうな鉄の扉があった。グーグルマップを信じて、その扉を思い切ってスライドさせてみる。ハン

パなく重い。もう一度、全力で体重を乗せてスライドさせると、やっとすこし開いた。

すると中から薄灯りが漏れてくる。そしてジャズの音も漏れ聴こえてきた。

僕はさらに力を入れて扉を開けた。

「いらっしゃいませ」

扉の先に立っていた背の高い女が笑顔でそう言った。「では、当店のルールについてお話しさせていただきます」とアンドロイドのように美しく、ある意味、人間味のないその女は、百万回目という感じで説明を始めた。

「まず、わたくしどもの店は、音楽とお酒だけを提供しております。よって私語厳禁、店内の撮影も禁止とさせていただいております」

女はそこまで言い切ると、僕に同意を求めた。

「はい」

そう答えるしかない。「では、お入りください」と店内に入ることが許される。店はカウンターだけの十席程度。客は各々、音楽に合わせて細かく首を揺らし、グラスを揺らす程度で、たしかに全員無言だった。

僕はバカのひとつ覚えのジンリッキーを頼む。隣りに、いかにも東京という感じの男と、東京カレンダーの表紙に出ても遜色のない美女が座っていた。

男のほうが「あのバーテンダーの後ろ、真空管があるのわかる？」と指さす。

「電気ついてるやつ？」

美女がそこまで言ったところで、さっき入り口にいた女が、彼らに声をかける。

「お客様、私語厳禁のため、退店していただきます」

嘘だと思われそうだが、このバーは本当に実在し、実際に起こった出来事だ。本当に彼らは渋々会計を済まし、店を出て行った。僕はゆっくりと音を立てないように唾を飲み込む。

僕が前に通っていた新宿のお好み焼き屋には、名物ばあさんがいた。その店

は、客がお好み焼きを作り始めると、ほぼ百パーセントの確率で「そうじゃないの！」と、ばあさんが客からコテを奪って、自分で作り始める流れになっている。味は間違いがないので、なんだかんだで、僕はその店に十年以上通っていた。

　ある日、その名物ばあさんが体調を崩して、息子さんが店を継ぐことになった。息子さんはばあさんとは真逆で、「まっ、テキトーに」とニコニコ笑って客を放っておくタイプだった。自分で作った、いびつなお好み焼きを食べながら、僕はあのばあさんが苦手だったことにそのときはじめて気がついた。

「美味い」は大切だが、「ホッとする」はもっと大切だ。静かなジャズだけが流れるピリついた店内で、僕はジンリッキーを待っている。そのときすでに、気心の知れた仲間と馬鹿話をしながら飲む「串カツ田中」が恋しくなっていた。

失敗や失態を「運命」にすり替える人

「俺はあえてピークを作らないんだ」

知人のクリエイティブディレクターはそう言って、また新しいプロジェクトに取り組んでいた。なんとなく言い回しはかっこいい。でも、毎回、プロジェクトはかなりの赤字か、ちょっとの黒字を行ったり来たり。どうしてもそのセリフは、彼の強がりに思えた。

そもそもピークなんて自分で作ろうと思ってできる代物ではない。だいたいの場合、時代とたまたまマッチしたとか、運がよかったとか、ものすごい才能が実はあったとか、そういうもののような気がしてならない。

「一人でも多くの人に作品を届けたい」

そんなようなことを、飲み会の席でふと気がユルんで発言してしまったことがある。とある作家が、秒で口を挟んできた。

「いやいや、作品を書いたらもうその作品はそこで終わり。そのあとのことは関係ない。それが物書き」

その作家はたしかに酔っ払ってはいたが、そう言い切った。

「小説がたくさん売れすぎること自体、正直、俺は間違っていると思うよ」

間髪容れずに、その作家は付け加えた。そういう考え方もあるのか、となんとなくその場は押し黙ってしまった。

そのあと家に帰って、服を脱いで、シャワーを浴びているとき、「いやいや、それじゃ商売としてなっちゃいないだろ！」と遅まきながら我に返って、風呂場で無駄に立ち上がった。

仕事にロマンは必要だ。ただ、霞《かすみ》を食べて生きてはいけない。過剰にロマンチックな言説は、脳内麻薬は出るわ、まわりはうっとりするわで、一瞬いい気分になってしまうが、後々見事になにも残らない。ロマンチックは、失敗や失態を「運命」や「美学」という甘い言葉にすり替えがちだ。

売れないのは別に俺が悪いわけじゃない、時代が悪い、読者が悪い、いやいや突き詰めたら大衆に理解されるのは文学や芸術ではないと、湯水のように言い訳という名の都合のいいロマンが溢れ出てくる現場に、何度か居合わせたことがある。

「俺はあえてピークを作らないんだ」と豪語していた知人のクリエイティブディレクターはその後、男性用美容事業で食い詰め、僕を含めたまわり数人に「一回だけ、金を貸してほしい」というメールを送ってきた。ロマンチックの対岸に彼はたどり着いてしまったようだ。

先日、僕は鎌倉の海沿いの喫茶店で、モーニングを食べていた。老夫婦ふたりでやっている店だった。穏やかそうに見える彼らの佇まいを見て、「こんな風に働きたいなあ」と僕は思った。

ただ、八時オープンのその店では、老夫婦はかなり早起きをして、開店準備をしているはずだ。海の近くなので、塩害などのメンテナンスや掃除も欠かせないだろう。さらにシーズンオフのスカスカの店内は、僕には穏やかで気楽な仕事にも思えたが、老夫婦からしてみれば、そんな生易しくて容易《たやす》いものではないのかもしれない。

波の音が絶え間なく聞こえていた。どんな仕事もそうだ。「よく見える、楽そうに見える」は相当の努力のもとに作り上げられている。

押し切られるな、噛みちぎれ

「ちょっと大きめですけど、ダボっとルーズに着崩すのが、かっこいいですよ」

鏡ごしに、シュッとした店員が言う。どう考えても袖が長かった。なのに僕は思わず、「いいですね」と応えてしまう。

渋谷の洋服屋の店員は、本当にみんなかっこいい。かっこよすぎて、入るのに勇気がいる。意を決して店内に入って、試着などしようものなら、ほぼ百パーセントの確率で買ってしまう。すこしくらいブカブカだろうが、パツパツだろうが断りきれない。もしこの先、金持ちになるようなことがあったら、自分で買い物をしなくて済むようにスタイリストをつけたい。

洋服を買うという行為が四十代の半ばを超えても、まったくもって慣れない。試着室で自分の全身を鏡に映しながら、「あー、いい感じですね」とかウットリできる種族に生まれたかった。自分以外誰も気にしていない自分の中の自意識が邪魔をして、オシャレを楽しめないまま、半世紀が近づいてきた。

自意識過剰により、美容室に行くのも苦手だ。自慢じゃないが髪が薄くなった（本当に自慢じゃない）。シャンプーによって、濡れガッパのような姿にされ、鏡ごしに「どうしましょうか？」と尋ねられると、「どうしましょう？」と問いを問いで返して帰りたくなる。基本的に、人間界に向いていない気がしている。

その点、昔飼っていた柴犬のジョンは飼い主より人間界に向いていた。食事の時間が近づくと、僕の近くに来て、哀しげな声を出す。「ク〜ン」とか鼻を鳴らす。食事を忘れていないかい？　の合図だ。

散歩に行きたいというときも、絶妙な表情で「ク〜ン」とやる。僕が落ち込んでいるときには、すぐに察して足元まで来て、「ク〜ン」とやってくれた。それでいて、こっちのタイミングで散歩に出かけようとすると、「マジかよ」という表情で、足を踏ん張って拒否をして我を通す一面もあった。しっかり自分を持っている、つくづく立派で人間界向きの犬だった。

　そう言えば一度、僕はなにを血迷ったか、ジョンに犬用の黄色いレインコートを着せてしまったことがあった。雨の日の散歩が楽しくなるようにと思ったが、犬にとっては雨だろうが嵐だろうが、そんなものは無用の長物だったと、いまならわかる。

　傘をさしながら、傍《かたわ》らのジョンを見ると、黄色いレインコートを着て、いつになくスタスタと必死に小走りになっている。その姿がなんとも可愛く、やはりレインコートは正解だったなと思ったものだ。

　家に戻ると、レインコートを脱がして、ジョンの食事の準備に入った。すると、「ガル〜」といつもと違うジョンの鳴き声が聞こえてきた。僕は何かあったのかと、食事の準備の手を止めて、ジョンの様子を見に行った。

さっきまで着せられていた黄色いレインコートを、ジョンは渾身の力で嚙みちぎっていた。つくづく自分の主張をはっきり持った犬だった。

渋谷の洋服屋で結局、断りきれず、僕はちょっと大きめの服を買ってしまった。部屋に帰って、改めて鏡の前で着てみると、どう見ても大きめだった。

そのとき僕は、あのときのジョンのように渾身の力で嚙みちぎりたくなった。

某アーティストグループの○○くんとサシ飲みをした

とある夜、某アーティストグループの○○くんと、渋谷の行きつけの居酒屋でサシ飲みをした。

○○くんとの出会いは、不思議なものだった。彼が所属しているグループの楽屋映像の中に、小説を読んでいる○○くんの姿が数秒映り込んでいたところから物語は始まる。現在、大学生の約半数は一日の読書時間が0分だという（全国大学生協連「学生生活実態調査」より）。そんな時代に、いまをときめくアーティストグループのメンバーが、楽屋の待ち時間に読書をしているというだけで、ちょっとした奇跡だ。さらに、そのとき読んでいた小説が、僕が書いたものだったということに心底驚いた。

最初、ＳＮＳで彼らのファンの方たちから「○○くんがあなたの小説を読んでますよ！」と教えてもらった。そのメッセージが届いた夜、何気なくテレビをつけると、画面の中で○○くんが思いっきり踊っている真っ最中だった。なんとなくうっすら運命を感じていたが、そのとき確信に変わった。

それから紆余曲折《うよきょくせつ》あって、僕がナビゲーターを務めているラジオ番組にゲスト出演してもらうことになる。収録中、二十四歳の○○くんはとにかく元気に質問し、僕の質問に元気に答えてくれた。

「休みはいらないです！　仕事が楽しいので！」

彼のその言葉が忘れられない。そしてとある夜、僕と○○くんは再会を果たす。全国ツアーの合間に渋谷の円山町の大衆居酒屋に駆けつけてくれた。その日もやっぱり彼は元気だった。元気に酒を飲み、元気に僕に質問する。

「やっぱり、君は元気だね」

そんなことを彼に伝えて、時計を確認すると、六時間が経っていた。こんなに長く、誰かと語り合うことは、後にも先にも、もうないかもしれない。そろそろお開きにしようか、と言いかけたとき、あらたまって彼が言う。「十年後、自分は何をしているんだろうって考える夜があるんです」と。フッと淋しげな表情になった彼の横顔とその言葉に記憶が甦った。

「十年後、俺、プロデューサーになってるかなあ」

二十年以上前、制作会社の非常階段で、そうつぶやいたＡＤの男がいた。僕は彼と同い年で、やけに気が合った。

「うーん……、何してるだろうねえ」

なんて彼の横で、僕は答えになっていない返事をしていた。その男は十年経たずにプロデューサーになった。そして二十年経たずに、この世を去った。最期、苦しまなかったことだけが、残された人間には、いまでも救いになっている。

「うーん……」と、○○くんにそう言いかけたところで、僕は涙が止まらなくなってしまった。あのときの彼の言葉と横顔が胸に迫ってきたからだ。慌てて涙を拭《ぬぐ》うと、〇〇くんもおしぼりで目元を隠して泣いていた。僕は気を取り直して、「十年後、何があっても一緒に飲もうね」と告げる。おしぼりで目元を隠しながら、彼は頷いてくれた。

　十年後、彼と酒を酌み交わしながら、とある夜に涙したことを、ふたりで笑い合いたい。そんな夜を迎えることができたら、この先、何があったとしても、乗り越えていけそうな気がする。

「来年になったら忘れそうな日しかないよね」と彼女は言った

派手な人生の話を飲み屋で聞いた。それも盗み聞きで聞いた。

場所は西麻布。僕は偉い人に突然呼ばれ、居心地の悪い割烹に真夜中に出向いた。カウンターには東京っぽい大人なカップルが二組。「こっちこっち」と偉い人が一番奥の席から僕を箸で呼ぶ。こんなとき、「ああ、自分の小物感よ」と心から思う。そこから二時間くらい、僕は「なるほどですね」を繰り返すことになる。あまりに繰り返していたら、途中から頭の中が暇になり、横の席の大人なカップルの話に耳を傾けていた。

「あのとき、俺の借金、余裕で一千万超えてたからね」

「え、マジで」

「マジ。でも、いま俺は生きてる〜！　って感じを、あのときほど実感したことはないんだよね」

そう言って、初老の男は遠い目をし、炙った白子にキャビアをのせて口に運んだ。若い女は両肩を露わにした小豆色のワンピースを着て、初老の男の話に音をたてず、パチパチと手を叩き、「すご〜い」と目を輝かせている。茶番だ。いや、深夜に突然呼ばれたこちらも十分茶番なので、それがこの街の平常運転なのだろう。とにかくここは茶番の街、西麻布なのだ。

「で、君は死んでもいいという恋をしたことは？」

初老の男は、若い女に問う。本題に入ったようだ。

「私、まだそんなにちゃんとした恋愛したことないんです」

若い女はそう言って笑いながら、ビールをグイッと飲み干した。茶番第二幕が華やかに開幕した。

僕は「死んでもいい」と思ったことがあったと思い出しながら、偉い人に

「なるほどですね」と間違ったタイミングで相槌を打ってしまい、「聞いてるのか？」と問い詰められた。

　横浜の桜木町に住んでいたとき、僕の人生は暇で溢れ返っていた。朝起きて、コンビニに行き、公園のベンチに座って鳩にキャラメルコーン的なものをやり、そして家に帰る。本当にそれくらいしか、やることがほぼなかった。たまに思いついたようにアルバイトをして食いつないでいた。

　その頃付き合っていた彼女は事務職で、これまたとにかく休みだらけで暇な人だった。ふたりでよく、足が疲れるまで散歩してみたり、吉野家と松屋の食べ比べをしたり、公園でバドミントンを飽きるまでやったりしていた。僕は「もっと劇的なこととか起きないのかなあ」などと言って、彼女は「来年になったら忘れそうな日しかないよね」みたいなことを繰り返し話していた。とにかく胸を張って（胸を張ることじゃないが）、あの頃は暇まみれだった。

　あれから余裕で二十年くらいが過ぎ去って、僕は「来年になったら忘れそうな日」だったはずの出来事を、いまでもたまに思い出す。足が疲れるまでただ

一緒に歩いたり、僕は吉野家派で、彼女は松屋派だったという事実を。

バドミントンを一緒にした公園に、仕事や打ち合わせで横浜方面へ出かけたとき、足を運ぶこともある。「いま俺は生きてる〜！」と感じるような借金や出来事はなかったが、振り返ればどれもこれもロマンチックに感じるから不思議だ。もう戻れない日々をただぼんやりと思い出すとき、「俺は生きてる〜」とうっすらとだが嚙みしめる。

とにかく体には気をつけなさい

体調を崩している母の様子を窺うため、ほぼ毎日電話をするようにしている。といっても、無理に時間を作って電話をしているわけではなく、気づけば電話をしているというのが本当のところだ。

昔は学校から帰ると、今日あったことを母に伝えるのが日課だった。母が体調を崩して電話をすることが習慣になり、あの頃のように今日あったことを伝える日常が戻ってきてしまった。

母は毎日、「とにかく体には気をつけなさい」と僕が言いたいセリフを先に言って電話を切る。思えば、母は僕にその言葉をずっと言いつづけてきた。

テレビの美術制作をやっていたとき、僕は大げさでなく年に一度のペースで、過労で倒れる生活を送っていた。会社で倒れて救急車で運ばれたことは二十年で一回だけだったが（一回で十分だ）、自宅のトイレもしくは浴室で、過呼吸を起こして意識を失うというのは、十九回もあった。

父も母も毎年一回救急車で運ばれる息子にだんだん慣れていき、検査などで待たされることがわかっているので、雑誌など時間がつぶせるものを持参して病院に駆けつけるようになっていった。意識が戻りつつあるなか、スポーツ新聞を読み耽る母が目に入ったときは、思わず心の中で笑ってしまった。

ものを書く仕事は、あの当時よりプレッシャーや求められる結果への責任が桁違《けたちが》いだ。しかしこの五年とちょっとのあいだ、僕は一度も救急車の厄介になったことはない。ほとんどの時間を一人で過ごすこの仕事は、自分の性分に合っているみたいだ。それでも母は二十年にわたって、救急車で病院に担ぎ込まれる息子の姿を見てきたので、顔を合わせたときはもちろん、電話口でも必ず「とにかく体には気をつけなさい」と言う。

母が病に倒れたのは、僕がものを書きはじめる一年前だった。

「緊急手術になった」

電話口でそう告げた父の声が震えていた。僕は仕事を途中で切り上げて、横浜のはずれの病院に向かう。季節は秋だった。病院までのバスが渋滞に巻き込まれ、苛立ったのを憶えている。窓越しにも冷気が伝わってくる。道ゆくサラリーマンが寒そうに襟《えり》を立てていた。

病院に着くと、ちょうど手術が終わり、母と面会することができた。といっても、母は酸素マスクをして、スーハースーハーと荒い呼吸をするだけで、目を瞑《つむ》っている。父は心配そうに母の顔を覗き込む。妹ははらはらと涙を流しながら、口を真一文字にして様子を窺っていた。

点滴の管につながれた母の左手を、僕はそっと触ってみた。母の眉間《みけん》の辺りがピクリと動く。僕はそれを確認して、母の手を静かに握ってみる。すると母はゆっくりと片方ずつ目を開けた。

「お母さん」

僕はそれしか言えなかった。母は力ない笑みを浮かべたあと、僕の手を驚くほど強く握り返してきた。しっかりしなさい、と言われた気がした。そして、母は酸素マスク越しにゆっくりと口を動かす。「今日は寒いでしょう。とにかく体には気をつけなさい」と。

数年前に亡くなった母は
僕より明るい人だった
母
パートをいくつも
掛け持ちしたりして
わりとパワフルだった
マンガ 大橋裕之
自宅では近所の子供に
ピアノを教えていて
母はよく
「エリーゼのために」を弾いていた
幼い頃の僕は
まつ毛が長かったからなのか
しばしば女の子と間違われた
小学校に上がる前に
母とランドセルを買いに近所の
カバン屋に行った時も 店主から
普通に赤いランドセルを
渡された
母は行く先々で
てっぱんネタのように
喜んでその話をしていた
やめてくれ…
小学生の頃
スーパーの買い物に付いて
いく時は
雑誌コーナーで
ザ・テレビジョンの一週間後の
番組表をチェックするのが
僕の楽しみだった
ザ・テレビジョン
ん？
8
ニュース
とんねるずのみなさ
おかげです
▽オフィスラブによく
ある風景▽仮面
ノリダー「恐怖大仙
男
9
オフィスラブ？

ねぇ
オフィスラブって
何？
ハハハ！
オフィスラブ!?
なぜ爆笑されたのか
分からなかった
ある日母が
電気をつけずに
風呂に入っていたことがあった
ザバ
え？
なんで？
今なら
母にもいろいろな悩みが
あったのだと理解できる
母が亡くなる半年前
ひょんなことから僕が
深夜ドラマでキスシーンを
演じるというとんでもない
仕事を受けた時
病床の母の反応が気に
なったが
ドラマの放送後に母から
電話があり
「爆笑した」と言われて
安心した
今でもたまに
夢に母が出てくる
え!?
生きてたの？
「エリーゼのために」を
聴きたいと思ったが
なぜか母は執拗に
ピアノの内部を覗いていた
どうした？

おわり

おいおいと泣くことでしか越えられない夜

昨日、いつも通っている飲み屋でひとしきりおいおい泣いてしまった。理由はちょっとここにはまだ書けない。ただ、ああもうダメかもしれない、と思うくらいに心がズタズタになった夜だった。

すっかり泣き疲れて眠ったら、また新しい朝を迎えられた。ツイッターを開くと、僕が炭酸水のペットボトルラベルに文章を書く仕事をしたときのことを、見事に茶化されていた。「コイツ、意味があるようで意味がない文章しか書かねえなあ笑」と書き込まれていた。

もうひとしきり落ち込んだあとだったので、涙も涸れ果て、自分に対してもガッカリが過ぎて、「そうですか」としか思わなかったが、わざわざ商品の写真まで載せて投稿するほど嫌われているのかと、虚しさの二番底が抜けた。悪いときは、悪いことが重なる、というか悪いことが目についてしまう。

いつも通っている定食屋に行くと、一月いっぱいで閉店することを、店主に告げられた。理由を聞くと、店主はごにょごにょと口ごもるだけで、決して口を割らない。一言で言えるほど単純な理由ではないのかもしれない。もしくは一言では、言いたくないのかもしれない。昨日の今日だったので、しみじみ共感してしまい、そこから先は聞く気になれなかった。

僕が小学生くらいのとき、父の帰りはいつも午前〇時を回っていた。母と妹の三人で夕飯を食べ、各々風呂に入って、父を待たずに眠ってしまうのが常だった。

その日も、『8時だョ！　全員集合』を三人で観ながら夕飯を食べて、僕は風呂から出たあと、そのままウトウト眠ってしまう。横浜郊外の新築マンションの六階角部屋。布団は四つ並べて敷かれ、僕は掛け布団も掛けずに眠っていた。

　しばらく眠って目が覚めると、身体がシビれて金縛りのような状態になり、怖くて恐るおそるまわりの様子を窺う。隣りには、行儀よく眠っている妹が、スースーと気持ちよく寝息を立てていた。僕はシビれた身体を必死に動かし、なんとか仰向けになってみる。よだれの跡が背中に冷《ひや》い。

　そのとき、「ウウッ……」という呻《うめ》き声が、居間のほうから微かに聞こえてきた。襖《ふすま》が数ミリ開いていて、そこから光の筋が寝室の天井を照らしている。僕はシビれた身体をゆっくりと起こし、光のほうに這っていく。

「ウウウ……」とまた声が聞こえる。襖にピッタリと顔をつけ、外の様子を窺うと、そこには母の膝の上で、泣き崩れる父の姿があった。

母はただ、無言で父の頭を優しく撫でている。父は、母の太ももに埋もれるようにして、幼な子みたいに泣いている。僕は音を立てないように、息を殺して布団に戻った。

あのとき、父がなぜ泣いていたのか、何があったのか、未だにわからない。一言で言えるほど、単純なことでないのか、もしくは一言では、まとめたくないことなのかもしれない。

ほどほどに長く生きていると、おいおいと泣くことでしか越えられない夜がどうしてもある。ただし、おいおいと泣く場所さえあれば、人はどーにか朝を迎えられる気がしている。

世の中の死角のような場所で

「ほら、こうすると防犯カメラに映らない」

彼は防犯カメラの死角を僕らに惜しげもなく教えてくれた。そういう大人もたまにはいるかもしれないが、彼はそのスーパーマーケットの店長だったので、どう考えてもアウトなネタバラシだった。

「あそこでカバンに入れたら絶対バレないすね」

捜査一課の刑事のような神妙な顔で、アルバイトが映像を覗き込んで言う。

「完全犯罪成立だ」

店長も自信満々に言い切る。

「なるほど」

もう一人のアルバイトの僕も唸る。唸っている場合じゃない。

「あの死角、なくしましょう」と店長に助言すると、「まあ、あの死角を見つけられたらアッパレだろ」とどこまでも呑気だった。

その店はしばらくして閉店してしまった。その店長のことを、いまでもたまに思い出すことがある。彼は奥さんをアルバイトの大学生に寝取られたりもしていた。達観というより、万年ぼんやりしていたのかもしれない。

店長は次に、レンタルビデオ屋を開業する。僕がＡＶを両手いっぱいに持ってレジまで行くと、そこには店長がいて、腰が抜けるくらいびっくりしたのを憶えている。それはまったく感動的じゃない再会だった。

「見ていくか？」と店長は僕をカウンターの内側に招く。地元の住民たちが何のビデオを借りたかのリストを、僕にニヤつきながら見せてきて、「みんな、いろいろあるんだなあ」と悪びれることもなく言っていた。あのときの達観、というかぼんやりした表情を忘れられない。

彼に一番似合わないのは「一生懸命」とか「夢」や「努力」という言葉だ。僕もそういったものに、日々疑問を感じるほうなので、なんだかんだ彼とは気が合った。そしてもちろんすぐにレンタルビデオ屋も閉店した。

最後に店長を見たのは、横浜郊外のたこ焼き屋で、必死にたこ焼きを作っている姿だった。熟練のたこ焼き職人のように、手《て》際《ぎわ》よくクルクルとたこ焼きを作っていた。本当に最後までわからない人だった。

現在、僕は物書きを生業《なりわい》にしている。ラジオ番組にも出演するし、映像制作の企画すらやる。水商売だなあ、と実感するときが日に何度もある。水商売だなあ、という言葉でしかくくれない人たちに出会うことも、日に何度かある。

そんなとき、店長のことをふと思い出す。世の中の死角のような場所で、今日もきっと店長は生きている。ああいう人はしぶといのだ。「みんな、いろいろあるんだなあ」と、今日も自分を棚に上げて言っている気がする。

水商売のような仕事をしていると、ときどき浮ついた話に出くわす。そのたびに僕は、彼らの口車に乗ってしまう前に、店長の顔が脳裏にチラつく。あのニヤついた顔で、「いろいろあるんだなあ」と言われた気になって正気に戻る。

店長は、僕にとっては、この世界で出会う、様々な異物と対峙するためのワクチンだったのかもしれない。人との出会いは不思議なものだ。予防となるワクチンのような出会いもある。

ヘイ！ヘイ！ヘイ！ヘイ！

　一日中、出版社の会議室でひたすら原稿を直していた。出版社の会議室は三部屋並んでおり、僕は真ん中の部屋で編集Tさんと一緒に改稿作業をしていた。会議室の壁は、会話がほぼ筒抜けと言っても過言ではないくらいに薄い。

　こちらが黙々と原稿を直していると、隣りの部屋がガヤガヤとうるさくなる。Tさんが「ちょっと見てきます」と部屋を出ていく。そしてすぐに戻ってきて「雑誌モデルのオーディションが始まるらしいです！」と色めきたった。マジか！　と僕も原稿をほっぽり出して隣りの部屋を見にいく。すると次から次に若い男の子が、保護者同伴でやってきた。それは、中高生向けのファッション誌の男性モデルオーディションだった。

初々しい男の子とそのお母さんたちを見て、僕とTさんは冷静さをすぐに取り戻し、「部屋戻りますか」「ですね」と自分たちの部屋に帰った。しかしそこは筒抜け会議室。オーディションの模様が、目に浮かんでくるほどクッキリと聞こえてきてしまう。

一人の男の子が大きな声で受け答えを始めた。

「はい！　趣味はカラオケです。一番好きな曲は、母がカラオケで絶対歌う『いとしのエリー』です！　では歌います」

躊躇《ちゅうちょ》というものがなかった。うまいとか下手とかではなく、大きい声が壁越しに延々と響きわたる。歌い切ると、拍手もなく次の男の子が受け答えを始める。

「僕には一発芸があります。やります」

全員、躊躇がなさすぎる。

「ヘイ！　ヘイ！　ヘイ！　ヘイ！　平安京」

僕の目の前でTさんが、口を押さえて笑いをこらえていた。壁の向こうは空室かのように、静まり返っている。「もう一回やります」と男の子の声がした。「あ、大丈夫です」とマッハで止める大人の声が聞こえた。そしてまた静まり返った。

僕が工場のアルバイトをしていたとき、一度だけ忘年会をやったことがあった。場所は横浜郊外の中華料理屋。その店は工場長の行きつけだった。ビールで乾杯し、餃子などをつまんでいると、工場長が中華料理屋の店主に「あれやるか」と声をかける。店主は頷いて、調理場からゆっくり出てくる。両手には、ギターを一本ずつ持っていた。「えっと、好きな単語を三つください。それを歌詞に入れて即興で歌います」と工場長が笑顔で言う。

「じゃあ、餃子」

一人のバイトがそう言った。

「テレビ！」

後ろからそう声がかかる。僕も慌てて「柴犬！」と言ってみた。

「では、餃子、テレビ、柴犬でやります」

工場長はコホンと小さく咳払いをして、ギターをかき鳴らし始める。店主も負けじとかき鳴らす。想像していたよりもだいぶ激しい。そして工場長が第一声「土佐犬が～♪」とシャウトした。「いや、柴犬です」と心の中で一瞬ツッコんだが、まーどうでもよかった。

そのあとも、それはそれはグズグズな状態になる。でもなんとなく最後にギターをふたりでかき鳴らし、満面の笑みでフィナーレを迎える。

躊躇のない人間に負けはない。僕も「ヘイ！　ヘイ！　ヘイ！　ヘイ！　平安京」と一拍も置かずにシャウトできるような人間になりたかった。

いま振り返っても、あの二年間は無駄だった

「この辺に住んでいる子は、みんな大学に行くんだから、大学には行きなさい」

たぶんもうちょっと複雑な理由を両親から提示されたと思うが、ザックリ言うとそんな感じで、僕は大学進学を目指すことになった。でも勉強に対してまったく集中力がつづかなかった僕は、たらたら二浪して大学受験を諦めることになる。

「たらたら」の四文字のために両親が支払った金額を考えると土下座をしても足りない気がする。ただ「みんなが大学に行くことに向いているわけではあり

ません」と、土下座をしながらそっと告げたくもなる。

Ｊ－ＷＡＶＥというおしゃれの極みのようなラジオ局で『ＢＥＦＯＲＥ　ＤＡＷＮ』という番組でナビゲーターをやらせてもらっている。時間は毎週火曜二十六時から。スタジオは六本木ヒルズ。東京タワーを眺めながら、ぼんやりしたことを毎週話すという深夜だから許されそうな放送をやっている。

番組ではメールを募集していて、ありがたいことに毎週多くのメールが届く。これはもう完全にこっちのキャラクターの問題なのだが、そのメールのほとんどが果てしなく暗い。

「眠れない」

「学校に行きたくない」

「仕事を辞めたい」

「いま泣いています」

などなど、神社でお祓《はら》い必至の行き場のない悩みやひとりごとが、毎週ド深夜に大量に届く。

その中に「親に言われて家業を継いだが、わたしは本当は海外で暮らしたかった。でも家業継いだし、結婚したからやるしかないんですけど。あーあ」というような内容のメールがあった。

番組では時間の関係で読めなかったが、帰り道、なぜかそのメールがやけに自分の中で引っかかっていることに気づいた。「家業」ほど大げさな話ではなかったが、「この辺に住んでいる子は、みんな大学に行くんだから」という理由で、限りある人生の二年間をガッチリ無駄にした経験がある身としては、その「親のため」「家のため」「結婚したから」の「なんとなく屈します宣言」が気になった。

僕は大学受験に失敗したあと、しばらくのあいだ、「親のために自分の限りある人生の二年間が無駄になった」と考えていた。しかし本当のところは、別に大学に合格しないと縁を切られるわけでもなく、暴力を振るわれるわけでもなかった。ただ、自分が自分の人生に責任を持つことに耐えられなくて、「親が言ったから」という理由で自分の人生を、親のお金を使って盛大にサボっていただけだ。そんなことにだいぶ後になってから気づいた。

しかしいま振り返っても、あの二年間は無駄だった。どこかの偉い人は「人生に無駄なことは、なにひとつない」と言うが、それはあまりに大づかみすぎる。大づかみの解像度をすこし上げると問題はハッキリする。人生に無駄なことが起きていないのではなく、「自分で考えて決めた人生は、無駄だと思いたくない」だ。

誰かが用意してくれた楽な進路、誰かが用意してくれて、それを受け入れたほうが丸く収まることは、どちらにしてもかなりの確率で、後悔することになる。限りある人生の分岐点のジャッジを、誰かに託したことを深く後悔する日が必ず来る気がする。

桃鉄でもやらない？

中目黒の部屋中に生乾きの洗濯物が干してあるワンルームに僕はいた。そこは、その頃よく通っていたバーのママの部屋だった。

「桃鉄でもやらない？」

ママの誘い方はいつもそれだと、店の常連のサラリーマンに聞いていた。部屋には薄い万年布団が敷かれ、テレビと冷蔵庫、それに丸く小さなテーブルが置かれてあるだけだった。僕はテレビをつけようとしたが、リモコンが壊れているのか反応しない。そうなるとテレビゲームの桃鉄はできない。最初からやるつもりはなかったんだろう。

年季の入った万年布団の上で、冷えた缶ビールで乾杯をして、ふたりしてひと息つく。どう考えてもやることはあとはひとつ。そのタイミングで思わぬ邪魔が入った。「ガチャガチャガチャ」と激しく玄関のドアノブを回す音が、部屋中に響き渡った。ママの顔が一瞬にして曇る。

「タオルケットを頭からかぶって」

ママが早口で言う。万年布団の上に丸まっていた、薄いブルーのタオルケットを仕方なく頭からかぶった。ママはそれを確認したあと、「はーい、ちょっと待って」と猫なで声で玄関の鍵を開けた。

「うい〜っす」

そう野太い声が聞こえたかと思うと、ガシャン！　と明らかに食器かなにかを落とした音がする。

「かなり酔ってるでしょ。今日は帰った方がいいよお」

ママが声の主をさりげなくあしらう。

「いいよお、じゃな〜いの」

泥酔したその声の主が陽気に声真似をして、タオルケット一枚に包まれた僕の上に、ドスンと全体重を乗せてきた。うつ伏せだった僕は思わず「うっ」と声を漏らしてしまう。

「あん？」

声の主は泥みたいに酔いながらも異変に気づく。しかし僕の背中に乗ったまま、しばらく押し黙って微動だにしない。ママも何も発しない。ふたりがいま、どんな表情でいるのか、僕にはまったくわからない。僕はとにかく目を瞑り、息を必死に止めていた。

「だったら、あれだ、今日は帰るか」

声の主は聞きわけよく、タオルケットに包まれた僕の頭をポンポンと叩いて立ち上がり、玄関のドアを「ドカン！」と爆発するように強く閉めた。

タオルケットから這い出たはずだが、そのあとのことは、まったく記憶にな

い。

先週、渋谷のカフェでズズズとアイスティーをすすっているときに声をかけられた。横に座っていたカップルの男がトイレに立った、そのタイミングだった。

「あのう、小説家さんですよね？」

そう声をかけてきたカップルの女のほうの顔を見ると、見覚えが思いっきりあった。僕が出た、とあるトークイベントで司会を務めてくれた女性だった。

「お久しぶりです！　ですよね！　ですよね！」

怪訝な顔から満面の笑みになった彼女は「お元気ですか？　もしよかったらＬＩＮＥ交換させてください！」とスマートフォンを出す。「ぜひぜひ」と僕もスマートフォンを差し出す。そのとき、彼女の表情が一瞬、強張《こわば》る。僕が振り返ると、そこにはトイレから戻った彼氏が仁王立ちしていた。

この出来事も、本当にあったのか確信が持てなくなる日がくることを、切に願っている。

いつものですね

新宿に早朝から深夜までやっている喫茶店がある。テーブルが広く、いつもちょうどいいくらいの混み具合で、常にどこかで誰かのおしゃべりが聞こえるが、うるさいほどではない。半年くらい前まで、週に三日は通っていた。禁煙席、喫煙席が分かれているのもありがたい。

その店に行くのはだいたい朝が多かった。僕は店に入ったらまず、禁煙席の一番隅っこの席に座る。するとすぐに、お冷やとおしぼりがテーブルの上に置かれる。僕はモーニングセットを注文し、飲み物はホットのミルクティーを選択する。

仕事がはかどれば、昼くらいに店を出るが、なかなか進まない日は、夕方近くまでなんだかんだで居座るときもあった。三時間に一回は注文をするのが店の決まりなので、そんな日はミルクティーを二、三杯飲むことになる。

店に通い始めて二カ月くらいが過ぎた頃だった。カランコロン、と僕が喫茶店の扉を開けると、「いらっしゃい」と言ったあと、店主がお冷やとおしぼりを禁煙席の一番隅っこの席に当たり前のように置いた。僕は店主に遅れること数歩、お冷やとおしぼりが置かれたテーブルの席に座る。

そして店主に「モ……」くらい言いかけたところで「モーニングセット、ホットのミルクティーですね」とかぶせるように言われた。

店主は白髪のオールバック、年季の入ったエプロンがよく似合う人だった。

次の日、原稿が片付いていない僕は、またその喫茶店に行く。カランコロン、と扉を開ける。店主は「いらっしゃい」と言って、禁煙席の一番隅っこの席にお冷やとおしぼりを置いた。そして僕がまだ何も言わないうちに「いつものですね」と表情を変えずに言う。

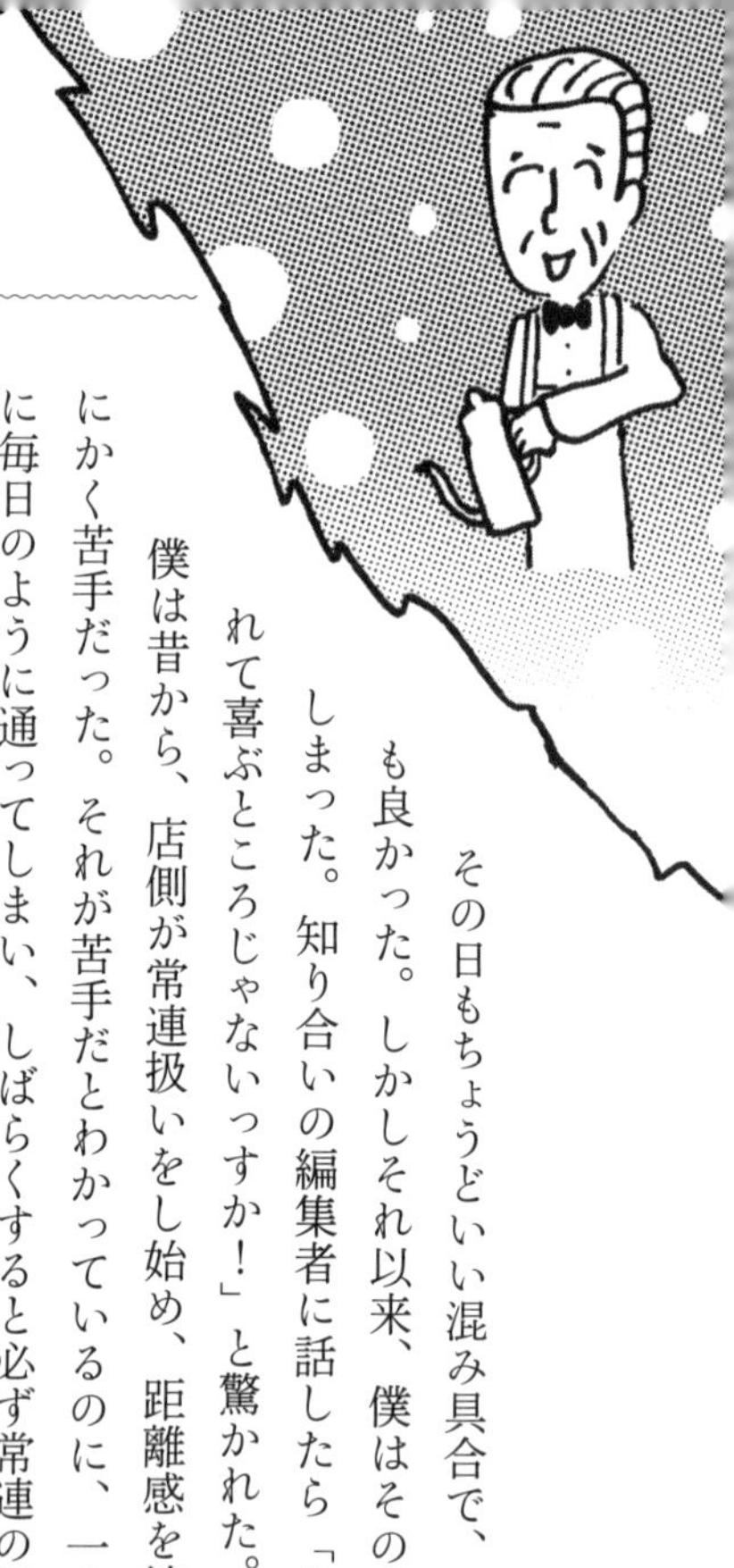

その日もちょうどいい混み具合で、店内の雰囲気はとても良かった。しかしそれ以来、僕はその店に行けなくなってしまった。知り合いの編集者に話したら「えー！　常連認定されて喜ぶところじゃないっすか！」と驚かれた。

　僕は昔から、店側が常連扱いをし始め、距離感を縮めてくるのが、とにかく苦手だった。それが苦手だとわかっているのに、一度気にいると同じ店に毎日のように通ってしまい、しばらくすると必ず常連の扱いをされてしまう。

　いい店だったな、と別れを惜しみながら、僕は新たに見つけたお冷やひとつ出てこない喫茶店でこの文章を書いている。店主はアルバイトとのおしゃべりに忙しそうだ。

　客は僕以外におじいさんが一人。おじいさんは、しばらくジッとして、思い出したようにコーヒーを口に運んで、フーッとため息をついた。天窓があり、そこから陽の光が柔らかく降り注ぎ、ちょうどおじいさんに当たっている。天に召されそうなくらい降り注いでいる。

僕が二度目となる「すみません」という言葉を発すると、アルバイトが気づいてくれて、悪びれずに注文をとりにきた。いい塩梅《あんばい》だ。気兼ねなく長居できそうだ。明日も来るような気がする。

そのうちまた、「いつものですね」と言われる日が来るだろう。それまでしばらくは、この店に通ってみようと思う。

すべては思い出に変わっていく

唐突にキャバクラへ行った。地元の友人と久しぶりに再会したら、「奢ってやる」と言われ、焼肉かなにかかと思ったらキャバクラだった。店内に入って、ふかふかの赤いソファに座ると、シンデレラみたいなドレス姿の四人の女性が「失礼しまーす」と僕らを挟むようにして座ってくる。

「煙草吸わなそうですね」

開口一番、隣りに座った金髪の倖田來未似の女性が言う。わからないが、なんとなくつまらない男と言われた気がして「そんなことないけど」と思わず嘘をついてしまった。

「えっ、吸うんですか？」

「いや、吸わないけど」

「吸わない人じゃないと、私は付き合えないんだあ」

スムーズだ。いまなら仏壇でも買ってあげてしまいそうだ。

「コイツ、大麻は吸ってるんだよ」

友人がいたずらで、僕をネタにした。「んなわけねーだろ」と言おうとしたら、金髪の倖田來未似が「あー、私もあるー！」と間髪を容れずに言った。僕は言葉を飲み込んで「まーね」と意味不明の嘘をまたついてしまった。

専門学校生の頃、とにかくコロコロとアルバイトを変えていたので、珍しい人たちにたくさん会った。だいたいあまり働かない人たちだったが、様々な工夫によって、なんとか生活していた（物は言いよう）。その中でも忘れられない人がいる。

忘れられないと言ったばかりで恐縮だが、名前はすっかり忘れてしまった。彼は五十代で筋骨隆々。そして生粋《きっすい》の嘘つきだった。彼に会ったのは、引っ越しのアルバイトをしていたときだ。

冬でもタンクトップにジーンズで、肩の筋肉の盛り上がりは格闘漫画のキャラのようだった。なんでそんなに良い身体なんですか？　と聞いたら、「重量挙げのオリンピック強化選手だった」と言う。

「え！」と僕が強めにリアクションすると、彼は席を外した。「話半分、いやアイツの話は右から左に聞き流せ」と他の先輩が面倒臭そうに教えてくれた。

とにかく彼は「えっ！」と身を乗り出すようなことを平然と言う人だった。ただ誰も傷つけないので、その嘘は全員からほったらかしにされていた。彼と一緒に現場で作業をしていると、「五日間、寝てないんだ」と言い出し、僕が性懲《しょうこ》りもなく「え──！」と驚いてしまう。すると別の先輩が「さっき三日って言ってなかった？」と突っ込んだ。彼はしれっと「あれ、そうだっけ」とかなんとかはぐらかし、だらだらとまた嘘は野放しになった。彼との最後は憶えていない。たしか、やはりだらだらと彼はいなくなった気がする。

金髪の倖田來未似が「彼氏の作り方わからないんです〜」と優しい嘘をつい

た。「マジで？」と友人がそれに食いつく。

引っ越しのアルバイトをしていた頃から、二十五年とちょっとの月日が流れた。あれから彼はどうしたのだろう。まだタンクトップにジーンズのような気もする。

引っ越し現場で休憩中、彼がリアルゴールドを飲みながら言った一言を、二十五年とちょっとぶりに思い出した。

「俺の父親、世界で初めて塩ラーメン考えたんだ」

あのとき、彼は無駄に神妙な顔をしていた。懐かしい。月日はどんなにくだらないことでも、いい思い出に変えてしまう。

ドライブでもしようぜ

オープンカーの助手席に乗っていた。運転しているのは、二十年つきあいのあった通販会社の社長だ。年齢は同い年だったが、仕事を発注してもらっていたので、敬語は欠かせない。

風の気持ちいい初秋だった。まだ陽射しは強かったが、それもまた気持ちがよかった。社長は前を向いたまま、ポツリポツリと言葉を置くように話し始める。オープンカーは一段ギアが上がって、わかりやすく加速した。

昔、打ち上げかなにかのあと、六本木のラーメン屋にみんなで行ったときのことを、噛みしめるように社長は話す。そのラーメン屋でなにか事件が起きたわけではない。特別懐かしい思い出もない。何度かあった中の一回の話だ。

「あの頃、お前は敬語もろくに使えなかったよな」

「すみません」

愛想笑いを浮かべながら、僕は謝った。

「あのラーメン屋って、まだあるのかな？」

「いや、もうないです」

どこにもたどり着かない会話をしながら、オープンカーは首都高をひた走る。

「あそこのオヤジさん、怖かったよな」

そう言って右手で髪をかき上げると、右耳のまわりから首にかけて、深い手術痕が見えた。「オヤジさんもバイトの女の子も怖かったですよ」と笑って返したが、一瞬息を飲んだ。

手術をして、腫瘍は全部取り切ったはずだったのに、新しい影がまた見つかって入院すると連絡をもらったのは昨日の夜だった。社長はやけに明るい声で、「だからさ、ドライブでもしようぜ」と言った。複雑な心境のまま、僕はドライブに同行することになった。

二十年間、仕事だけの繋がりだったので、ふたりきりで会うのは初めてだった。再手術は間違いないだろう。そんなときに、なぜ誘われたのか、僕はわからないままだった。

「うちの営業ですぐ辞めたSって憶えてる？　あいつあのあと漁師になったんだぜ」

「マジですか」

この二十年のあいだにあった、大した話じゃないけれど、かろうじてお互い忘れなかった出来事やその後のことを、社長はポツリポツリと話す。オープンカーがこんなに気持ちのいい乗り物だと、この歳まで知らなかった。渋谷の街に新しく建った高層ビル群が、あっという間に後ろに遠ざかっていく。

横を走っている大きなトラックをチラチラと気にしながら、社長が「それにしてもお前とは気が合わなかったな」とせせら笑うように言った。

「努力したんですけどね」

僕も観念したように冗談ぽく聞こえる口調で返す。大学のラグビー部出身でゴリゴリの体育会系の社長と剣道部の幽霊部員だった僕とでは、なにひとつ共通点を見つけ出せなかった。

いや、二十年でひとつだけたぐり寄せた共通点がある。それはお互いバカみたいに仕事に一生懸命だったことだ。同じクラスだったら、口も利いていなかったであろう相手。親戚だったとしても挨拶くらいで終わる関係。大した思い出もない。ただ、お互い仕事を真ん中に置いて、二十年一緒にガチャガチャやってきたことには自信があった。

振り返ってみたら、どうでもいいことが、サイドミラーに反射する夕暮れの陽射しのように、すべてキラキラ光って見えた。

僕たちには僕たちのルールがあった

実家近くの図書館の駐車場が、小学生の頃、僕たちの主な遊び場だった。放課後、ランドセルを駐車場の隅に放り投げて、よく野球をしていた。そのなかには、同級生の女の子もいたし、車イスの男の子もいた。時々、知らないおじさんが代打で打席に入ることもあった。

時折りみんなで話し合って、ルールを改定していた。バッターが女の子の場合は、ピッチャーは下手投げで、車イスの男の子がバッターのときは、その子の代わりに走る子を横に待機させることにした。

知らないおじさんが代打で仲間入りするときは、ジュースを奢ってもらうことが決まりになっていた。

　僕たちには僕たちのルールがあった。身体の不自由な子も女の子も男の子も年齢も関係なく、みんなで遊べるようにしていた。考えてみると、あのときの経験はとても重要だった気がする。

　家がお寺という同級生と、かたや親が新興宗教の幹部という同級生ふたりも一緒に遊んでいた。

「いつかいろいろ面倒が起きるかもしれない。でも、それはいまじゃない」という暗黙の了解のもと、「いま」を楽しんでいた。

　しばらくすると、つまらない大人の事情が子どもの世界に入り込んできて、僕たちは常識と習慣に巻き込まれていった。巻き込まれて、かき乱されて、気づいたらバラバラになっていた。「あの家はダメ」とか「あの子と遊んではいけない」などと言われ、遊べなくなったこともある。

　同じ時代に生きて、この地球から出て行くことのできない僕たちは大人になるにつれ、そこいらじゅうに線を引き始める。富める者と貧する者、強者と弱者、右と左、信仰と無宗教。誰もがどこかで分断されている。両サイドを自由に行き来して、グレーな立ち位置にいることを、基本的には許さない空気が漂っている。

運悪くドブに落ちた誰かを見つけると、どこからともなく犬笛が吹かれ、その人が命乞いをしても土下座をしても無視を決め込んでも、叩きつづける。自分じゃなくてよかったとホッとし、それにしてもあのバッシングはひどい、行き過ぎだと思いながらも、いつか知らない誰かを叩く側に加担してしまう。叩かないと決めた人々も、死刑執行の場に集められてしまう。冷笑と沈黙、今はマトが自分でないことに安堵を感じ、次は自分じゃないかという恐怖を植えつけられる。

実家近くの図書館の駐車場が、小学生の頃、僕たちの主な遊び場だった。僕たちには僕たちのルールがあった。身体の不自由な子も女の子も男の子も年齢も関係なく、みんなで遊べるようにしていた。

それぞれには立場があって、個性があって、事情がある。そんなことはわかっている。

でも、それらを突き詰めて考えるよりも、「いま」を一緒に味わうことを考えたい。想像力はそういうことのために使いたい。相手を陥《おとしい》れるために使うものではない。

あなたは勝ち組で、わたしは負け組です

Ｊ－ＷＡＶＥでラジオ番組を始めて、だいぶ時間が経った。相変わらず慣れないけれど、やっと毎週収録するのが当たり前だと身体が憶えてきた気がする（遅っ！）。

リスナーの方々からの番組へのメールも増え、「この人、前も送ってくれていた！」などと気づくこともしばしば。

そんな中、先日、番組宛に一通の気になるメールが届いた。送り主は男性で、年齢は僕と同じくらいだった。内容をザックリ要約すると、「わたしは現在無職で、貯金もほとんどありません。あなたは本を出して、ラジオ番組までやっ

て、かなり稼いでいるでしょう。世の中は結局お金を持っている人間が勝ち組で、お金を持っていない人間が負け組です。あなたは勝ち組で、わたしは負け組です。ラジオ、がんばってください」というものだった。

煽り運転のような挑発的な内容のメールだが、なんだかやけに引っかかってしまった。このメールを番組で読み上げるのは、かなりリスクが高い。けれどなんとなくおざなりにできず、番組が始まるギリギリで採用することにした。

番組内で僕はそのメールを読み上げる。大した答えを用意していたわけではないので、読み上げたあと、一瞬押し黙ってしまった。何拍か置いて、思いつくまま話してみた。

あまりに思いつくままだったので、ここで正確に思い出せないけれど、ザックリまとめると、「誰かと比べて自分は劣っている、だから自分は負け組だ、という考えは不幸発生装置でしかない気がする」ということをまず述べた。

誰かと自分を比べない、比べるなら過去の自分にしたほうがいい、というのが僕の考えだ。「あのときの自分と比べてみると……」ならまだ話はわかる。

その上で彼が送ってきたメールのように、お金がすべてだと仮定するなら、僕はテレビのバックヤード時代に比べて、収入は増えたり、減ったりをここ数年繰り返している。つまり彼の表現を借りれば、自分に勝ったり負けたりしていることになる。

勝ち組と負け組、この言葉は安直だが、安直だからこそ使い勝手がいい。ネットの中でも現実世界でも、みんなが使い過ぎだ。ユーチューバーが自分の金満生活をネタにして再生回数を競い、バズったインフルエンサーがどうやったらバズるのかという方法論を情報教材にして、さらにバズらせている。こういったことは確実にこの世界の「いま」だが、この世界の「すべて」ではない。

先日、知り合いが東京をあとにした。東京を離れる直前に「なんかあったら連絡してよ。新潟の米、たらふく食わしてやるからさ」とＬＩＮＥが届いた。彼は親の介護のために故郷に戻る。ただ、せっかく帰るのだからと、小さい和食屋を彼女とやることにしたらしい。それにより、借金生活に突入する。きっと綺麗事だけではない日常が彼らを待っているだろう。

新潟生活を始めた彼から、写真付きのＬＩＮＥが今朝また届いた。新居のアパートの前で、彼女と思いっきりジャンプしている写真だった。

スカスカの日比谷線の車内で、僕は思わず吹き出してしまった。少なくとも彼は勝った負けたなんて話はしないだろう。どうすれば自分らしいか、そのことと向き合いながら生きていく気がした。

鍵をかけ忘れた日記

腹痛が二日つづいたので、病院に行くことにした。とりあえず、近くの病院をネットで調べてみた。

数件ヒットしたので、レビュー、つまりその病院へ行った感想をスクロールして見てみる。一つ目の病院のレビューには、「看護師の態度が横柄だった」とあった。

二つ目の病院は「先生が優しかった。また必ず行きたい！」と書き込まれていた。病院の感想で、「また必ず行きたい！」というのも微妙だなと思いつつ、やはり二つ目の病院を選んだ。

とにかく世の中のあらゆるものに、レビューがついている。チェーンの居酒屋でも、三軒茶屋店と渋谷店では別の評価がくだされる。

「店員の挨拶が雑だった」

「注文したものが出てくるまで時間がかかりすぎ」

「トイレが汚い」等々。

そして僕は現在、厄介極まる仕事に就いている。ものを書いて生活している。ものを書いて発表すると、そこにはレビューがつく。

「内容がなかった」

「こんなものは小説じゃない。時間の無駄」

「ただの日記だ」

これら三つはとあるサイトに書き込まれていた僕の本に対するレビューだ。目から血を流しながら、この三つをなぜかメモ帳に書き留めていた。ドMで間違いない。もちろん褒めているレビューもある。ただ、一つでも批判的なものがあるだけで、気持ち的にはすべて台無しになってしまう。

だったら見なければいい、と頭ではわかっているのに、気づくと検索している。自ら傷つきに行っているようなものだ。最近はそれでも結構タフになったし、そもそも見なくなってきたが、その行為をゼロにはできない。鍵をかけて自分の机の引き出しにしまう日記を書いているわけではないので、どう伝わったのか、どんな人に伝わったのかが気になって仕方がない。

「ただの日記だ」というレビューは、僕のエッセイ集について書かれていたものだ。たった六文字のそのレビューが、ボディーブローのように効いて、それを見つけた日、僕は昼飯を抜いた。

そのことを知り合いの映画監督に話すと、ゲラゲラ笑いながら「でもさ」と前置きをして、魂が救われるような言葉をかけてくれた。

「有名な文豪の未発表の作品が見つかったとするじゃん。それとラブホテルに置いてあったノート、どっちが読みたいかって聞かれたら、断然ラブホテルのほうじゃない？」

彼は笑いながらそう言った。

　文体というものが何なのかすら正直わからないで書いてきた。飲み屋で「読んでるよ」と声をかけられると嬉しい。母親が「よくがんばってるね」と言ってくれることが励みだ。この文章を読んで、どんな人が、どこで、どう思ったのか、すごく気になっている。でも書いているときは、できるだけそれを意識しないようにしている。

　ラブホテルに置いてあったノートに、そっと記すように書きたいのかもしれない。「誰にも言わないでね」から始まる文章を書きたいし、読みたいと思っている。

　この週刊誌の連載はただの日記だ。鍵をかけ忘れて、雑誌に載ってしまった、ただの日記だ。

汚れたビーチサンダルとジョン

「お前の足は何本あるんだ？」と問いたくなるような玄関だった。

知り合いのデザイナーは時々、お洒落雑誌のお洒落ページにコレクションしたすべてのスニーカーを並べて、ご満悦な表情で手を広げている写真を撮られている。彼はバカがつくほどのスニーカーマニアだ。

２ＬＤＫの仕事場の玄関には、ビッシリとスニーカーが並べられ、居間にもトイレにも大量のスニーカーの箱が重ねてある。そんなＡＢＣマートの倉庫のような部屋で、工業デザインの仕事をしている。

「お前の足は何本あるんだ？」

実は一度だけ本当に、彼に聞いたことがある。「そんな母親みたいなこと言わないでくれよ」とごまかされたが、こっちが本気で聞きたくなるほどに、説得力のある物量だった。

昔、飼っていた柴犬のジョンは脱走するたびに、どこからかサンダルや軍手を咥《くわ》えて帰ってきた。季節ごとに、ジョンのサンダルコレクションをビニール袋に詰めて捨てるのが、僕の役目だった。ビニール袋にサンダルを詰めているあいだ、犬にも悲しさの感情があるのか、と実感するほど悲しそうな瞳で、ジョンが僕の作業を見つめていた。

「お前、腕は何本あるんだ？」と問いたくなるような友人もいる。

彼もまた、お洒落雑誌のお洒落ページで、高級腕時計をテーブルに並べ、ご満悦な表情で写真を撮られている。

「この腕時計ひとつで、ウチの仕事場の十年分の家賃か……」

彼が所有しているアンティークの時計を手にとって眺めながら、僕は嫌味ったらしくそうつぶやいた。

「まあ、俺は時計のために働いてるようなものだからさ」

　そう言うと、仮面ライダーの変身ベルトみたいにごっついデザインの時計を、時限爆弾を取り扱うかのように、ケースから慎重に出して右腕にはめた。聞けば、幼い頃にキン消し（漫画『キン肉マン』のキャラクターをかたどった消しゴム）を、空《から》のお菓子缶の中に大量に入れて集めていたが、ある日、学校から戻ると、母親に全部捨てられていたらしい。

「誰からも邪魔されずに、好きなものを好きなだけ集める。やっとそれが思う存分できるようになったのが嬉しくてさ～」

　彼は満面の笑みでそう言った。もしかして、あのスニーカーに取り憑かれている友人も、何かをバッサリ捨てられた経験があるのかもしれない。

「あっ、これやるよ」

　ベルトからして風情《ふぜい》のある、アンティークの手巻き時計を、友人がポンと僕に投げた。「友情の証」と言ってニヤッと笑った。

　そのとき、最後の最後までサンダルと軍手を集めていたジョンのとある行為を、僕は思い出してしまった。時折り、汚れたビーチサンダルを咥えたジョンは自分の隠し場所に運ばず、僕の目の前でポトリと落とした。僕は「どこで拾ってきたんだ?」なんて言いながら、決まってそのまま捨てていた。

もしかしてあれは、ジョンなりの「友情の証」だったのかもしれない。アンティークの手巻き時計を眺めながら、そんなことをふと考えていた。

ブルーハワイ

祖父が経営していたスーパーマーケットで高校生の頃、しばらくアルバイトをしていた。レジや品出しなどを手伝ったこともあるが、主に僕は店の外に設けられたプレハブ小屋で、かき氷と今川焼きの販売担当だった。

今川焼きは年間を通してよく売れたが、その中でも一番の売れ筋はこしあんで、二番目は、ちょっと意外かもしれないが、チーズクリームだった。買い物帰りのおばあさんが「こしあん、ちょうだい」なんて言って、錆びついたベンチに座って、のんびり食べている光景を憶えている。

初夏から秋のはじめくらいまでは、かき氷が一番の稼ぎ頭だった。かき氷の

味は、イチゴとレモンとブルーハワイ。常連のおじいさんが「兄ちゃん、ハーフ&ハーフくれや」とオーダーし、イチゴとレモンを半分ずつかけるという、邪道なかき氷を作らされていた。

かき氷の一番人気は、ダントツでイチゴ。大きく離されてレモン。ブルーハワイは、滅多なことでは注文されない味だった。

祖父に「なんで人気のないブルーハワイを置いているの？」と聞いたことがある。「俺は、この色が好きなんだよ」と独特すぎる回答が返ってきた。

そもそもブルーハワイ味というのが、何味なのかがまったく説明できない。バーベキュー味くらい説明がつかない。いや、バーベキュー味は、たぶんバーベキューソース味の略だろう。ブルーハワイのほうは断然謎だ。ただ、アルバイトをしばらくしていたら、あまりに出ないブルーハワイに、だんだん感情移入してきてしまった。一度、たぶん百歳くらいだろうという見た目のおじいさんに「ブルー……ハワイ」と注文されたことがあった。僕は嬉しくなって、通常の三倍くらいの量をかけて、真っ青になった氷の山を渡した。

二十代の終わり、女の子と夏の海水浴場に遊びに行ったことがある。場所は千葉の九十九里浜。砂浜の色はどす黒く、「この辺がいいんじゃない？」と彼女が言った場所は、ビニール袋や焼きトウモロコシの食べかけ、ビールの空き缶などが散乱していて、まったくこの辺がいいとは思えないポイントだった。「いいね」（なんでだよ）、と僕はふたつ返事で答えていた。そしてコンビニで買った小さめのビニールシートを素早く敷いた。敷きながら、あらゆるゴミを足で横に移動させた。

　波は穏やかで、陽射しも柔らかだった。大型犬が気持ちよさそうに波打ち際を走っていた。そこいらじゅうで、子どもたちは砂遊びをしながら波と戯れている。

　彼女が「海、来たね」と言う。「そうだね」と僕は答える。潮の匂いが鼻をくすぐる。「飲み物とか買ってこようか？」と僕が聞く。彼女はかき氷がいいと答える。「味は？」の問いに彼女は迷うことなく、「ブルーハワイ！」と笑顔で答えた。「おっ、珍しい」と僕は喜ぶ。「空も海も青いじゃん」と彼女は両手を大きく伸ばして、大きなあくびをひとつした。僕にもそのあくびがうつる。

でも、ブルーハワイは海の家を何軒かあたってみたが、どこにも置いてなかった。代わりに買ったイチゴ味のかき氷をザクザク食べながら、僕は彼女に祖父の思い出話をした。その日の海の青よりも、空の青に近かった、あのブルーハワイの話もした。

初出

週刊新潮二〇二二年二月十七日号〜
二〇二三年二月十六日号より精選
加筆修正を施しました。

巻末のエッセイ
「ブルーハワイ」は書下ろし、
大橋裕之マンガ
「イラスト制作裏話」「母」は描下ろしです。

ブルーハワイ

発行　二〇二三年七月三〇日

著者　燃《も》え殻《がら》

発行者　佐藤隆信

発行所　株式会社　新潮社

〒一六二―八七一一

東京都新宿区矢来町七一番地

電話　編集部　〇三（三二六六）五四一一

　　　読者係　〇三（三二六六）五一一一

https://www.shinchosha.co.jp

印刷所　大日本印刷株式会社

製本所　加藤製本株式会社

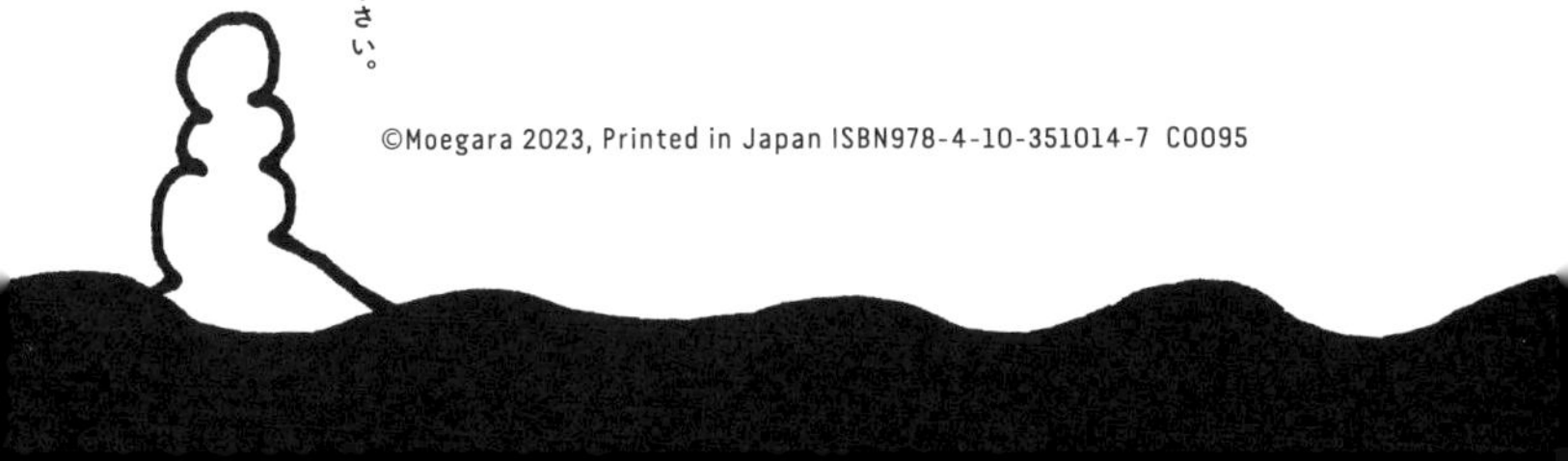

 ISBN978-4-10-351014-7 C0095